O QUE DIZEM OS SUSSURROS

CARDOSO DE LIMA

O QUE DIZEM OS SUSSURROS

CARDOSO DE LIMA

Diretor Editorial | Gustavo Abreu
Diretor Administrativo | Júnior Gaudereto
Diretor Financeiro | Cláudio Macedo
Logística | Daniel Abreu
Comunicação e Marketing | Carol Pires
Assistente Editorial | Matteos Moreno e Maria Eduarda Paixão
Designer Editorial | Gustavo Zeferino e Luís Otávio Ferreira
Revisão | Daniel Rodrigues Aurélio
Capa | Memento editorial
Diagramação | Renata Oliveira

Dados Internacionais de Catalogação na Publicação (CIP) de acordo com ISBD

L732q Lima, Cardoso de

O que dizem os sussurros / Cardoso de Lima. - Belo Horizonte, MG : Letramento ; Temporada, 2023.
186 p. ; 14cm x 21cm.

ISBN: 978-65-5932-289-3

1. Literatura brasileira. 2. Romance. I. Título.

2023-313 CDD 869.89923
CDU 821.134.3(81)-31

Elaborado por Odilio Hilario Moreira Junior - CRB-8/9949

Índice para catálogo sistemático:
1. Literatura brasileira : Romance 869.89923
2. Literatura brasileira : Romance 821.134.3(81)-31

Rua Magnólia, 1086 | Bairro Caiçara
Belo Horizonte, Minas Gerais | CEP 30770-020
Telefone 31 3327-5771

TEMPORADA
é o selo de novos autores do Grupo Editorial Letramento

editoraletramento.com.br • contato@editoraletramento.com.br • editoracasadodireito.com

DOMINGO PELA MANHÃ – DIA 01

Eram constantes minhas andanças pelos corredores do andar. Por diversas vezes, me arriscava pelos andares adjacentes, observando não somente os vizinhos, mas toda a peculiaridade que aquela torre de cento e vinte apartamentos poderia fornecer. Alguns, achavam estranho e levantavam as sobrancelhas ao me ver. Para eles, não era comum ver um homem negro andando por aqueles corredores que não fosse pertencente ao quadro de funcionários do condomínio. Eles poderiam até achar que eu fosse um funcionário, mas os chinelos e o calção do meu time de coração, denunciavam que eu morava junto àquelas pessoas de narizes e gogós empinados.

Quando colocava os meus pés pretos pelos andares alheios, as reações geralmente eram as mesmas. Primeiro de surpresa, com pensamentos de "*como esse negão veio parar aqui?*". Segundo de medo, com pensamentos de "*o que será que esse delinquente veio me roubar?*". E por fim, a sensação de alívio tomava conta daquelas faces brancas quando eles percebiam que eu era "*o negão investigador famoso da TV*", como eles diziam. Óbvio que nem todos se lembravam de imediato quem eu era. Sabiam que eu era famoso e arriscavam alguns nomes de esportistas, atores de filmes de ação e cantores de samba, pagode e rap. "*Vocês, morenos carecas, se parecem muito*", dizia a senhora do apartamento trezentos e dois sempre que me via. Ela sempre se esquecia do meu nome.

Geralmente, após os condôminos me confundirem com metade dos zagueiros do futebol mundial, finalmente lembravam quem eu era. A partir dessa descoberta, iniciavam as tagarelices sobre as mais variadas situações de suas vidas pessoais. Julgava como compreensível esse comportamento apresentado pelos moradores.

Imaginem comigo: em um dia qualquer você está em um vagão de trem voltando para casa depois de um longo dia de trabalho. Você está assistindo um vídeo no celular, e com uma gargalhada exagerada, mostra todos os dentes para quem pudesse olhar. Todos os presentes naquela lata de sardinha humana podem checar a sua arcada dentária e até alertar caso algum resto de alimento estivesse entre os seus dentes da frente. Um dentista que também está no vagão olha para você e fica com o olhar fixo em seu sorriso. O mesmo identifica-se como tal, e pede para olhar rapidamente, mais uma vez, os seus dentes. Inicialmente você fica chocado pela bizarrice da situação, porém permite que o dentista faça a sua verificação. Não por educação, mas sim por receio de que por ventura algo muito ruim possa estar acontecendo com a sua saúde bucal. O dentista te olha e pede para você abrir a boca, fazendo com que todos os presentes também olhem fixamente para aquela embaraçosa situação. O dentista faz um sinal de negação com o rosto. Você fica preocupado, mas na sequência é dito que os seus dentes estão em perfeitas condições. Sente-se um idiota, elabora mentalmente por que diabos deixou um estranho olhar para dentro da sua boca. Até que se chega a um veredito: a curiosidade em saber o que um especialista dirá sobre você será sempre maior do que uma suposta privacidade que se queira manter. Eu era o especialista daquele condomínio. O especialista negão, como eles diziam.

Bem verdade que, com a alcunha de melhor investigador do Brasil, eu tinha muito a dizer sobre as pessoas. Me desculpem a falta de educação por ainda não ter citado o meu nome. Doutor Roberto Antunes. Viajava o Brasil fazendo investigações e realizando palestras sobre análise comportamental. Uma agenda cheia de compromissos, que fazia com que dificilmente parasse em casa. Tirava alguns dias de férias, que não chegavam a duas semanas. Confesso que me sentia bem com o excesso de trabalho. Nunca acreditei em ditados populares, mas a minha cabeça era uma oficina do diabo quando estava vazia.

As minhas "perambuladas" demoravam meses para voltar a acontecer. Os vizinhos aproveitavam a oportunidade e permitiam que eu verificasse cada canto da torre, fazendo com que soubesse, inclusive, de cada detalhe intrigante de suas vidas. Se sentiam seguros, principalmente pelas investigações criminais famosas em que estive envolvido. Não vou mentir, em alguns momentos gostava daquela abertura. Quem é que poderia bisbilhotar livremente a vida das pessoas sem ser através de uma tela de celular ou assistindo o reality show do momento? Além disso, me forneciam informações relevantes para a identificação de novos padrões comportamentais que poderia utilizar nas investigações futuras. Quer dizer, essa era a mentira que eu contava para mim mesmo, para reduzir os efeitos da verdade que ecoava nos meus ouvidos sobre eu gostar, sob certa medida, de xeretar a vida dos meus vizinhos e perceber que eles tinham algum interesse em mim. A minha expectativa nunca foi de xeretar, mas sim de encontrar algo nas pessoas que finalmente amenizasse o crime do qual faço parte. O crime do qual sou cúmplice. O crime de viver em sociedade. Tinha esperança de uma conversa qualquer, de recuperar o gosto de estar vivo, já que foi também em uma conversa qualquer que perdi o apreço por abrir os olhos durante as manhãs.

Recordo que foi por conta dessa sensação em relação à vida que tomei a decisão de me tornar investigador particular. Eram meados de 2020, tinha por volta de vinte anos. Não sabia muito bem o que desejava fazer profissionalmente. Já era notável na época o meu talento para observações, além de sempre dar bons palpites sobre as motivações que serviam de base para as merdas que as pessoas faziam com as suas vidas.

É válido lembrar que estávamos no meio de uma pandemia, na ocasião em questão. Tenho uma memória quase que fotográfica, o que faz com que eu possa contar com detalhes o que se passou naqueles tristes anos. Uma vez, durante a minha infância, peguei uma pedra do chão da rua e a coloquei na boca para saber que gosto que tinha. O gosto era horrível, como podem imaginar. Era esse gosto que eu sentia na boca quando acordava nos anos pandêmicos. Um gosto amargo, que me causava náuseas.

Finais de semana ensolarados, praias lotadas até as tampas. Festas clandestinas, shoppings entupidos de gente. Isso enquanto milhares sufocavam à espera de um leito de UTI, e outros milhares morriam subitamente dia após dia. Existia uma ideia utópica no início daquele ano; dizia-se que as pessoas iriam melhorar com a pandemia. Uma melhora de consciência coletiva, por assim dizer. Que iríamos ser mais solidários, mais atentos às questões sociais etc. Bom, provavelmente você deve saber que não foi isso que aconteceu, certo?

Cansei de elaborar teorias na minha cabeça sobre o que motivava essas pessoas a serem tão negligentes. Inicialmente, pensava que aqueles que exibiam a sua irresponsabilidade eram ignorantes ou desprovidos de informações consistentes sobre o perigo que suas ações poderiam causar. Mas não era esse o motivo. As pessoas tinham as informações, mas preferiam recusá-las. Nunca entendi o que se passava na cabeça dessa gente.

Em um final de semana ensolarado daquele ano, por exemplo, minha família planejou ir à praia. Sem maiores questionamentos se aquele era um momento adequado para tal evento. O que de imediato me causou grande surpresa devido à pluralidade das personalidades dos membros do meu núcleo familiar. Tinha maluco de todo tipo.

Meu tio Roberval, *cidadão de bem e patriota,* era a favor de ditadura e intervenção militar. Utilizava a sua camiseta da Confederação Brasileira de Futebol sempre que podia. Surrada, com algumas manchas de ketchup e com a parte da áxila igual uma pedra de tão dura devido ao suor insistentemente escorrido naquela região durante as diversas manifestações golpistas que participou até aquele momento. A camiseta fedia feito caixa de gordura de um restaurante de frango frito. Higiene não era o forte desse *patriota.*

Já meu primo Leonardo era surfista e estudante de economia, tinha o cabelo platinado e uma série de tatuagens pelo corpo. Tinha o físico *capa do batman,* mas sempre que podia ficava sem camisa para mostrar o seu suposto tanquinho. Se achava *pacarai*. Não se dava bem com o meu tio Roberval, mas o futuro mostrou que ele se tornaria um robervalzinho platinado.

Por sua vez, minha tia Isabel chegou ao encontro familiar com um vestido florido, com os braços à mostra para evidenciar as tatuagens de alienígena que ela tanto gostava. Eu também gostava, na verdade. Tanto das tatuagens como dos assuntos de ufologia. Lembro até hoje de quando assisti *Sinais* e achei que um esticadão verde pudesse invadir a minha casa, mesmo que eu morasse a milhares de quilômetros de distância de uma plantação de milho. Tia Isabel era vegana, curtia um esoterismo. Odiava o tio Roberval e o primo Leonardo, pois eles não acreditavam em horóscopo. Certa vez, ela disse que uma cratera que abriu na nossa rua tinha sido ocasionada por uma movimentação de Saturno. Todos riram e a Tia Isabel ficou com raiva de toda a família, menos de mim que achava legal os papos sobre a Operação Prato no *Linha Direta Mistério*.

Três pessoas distintas e com personalidades bem diferentes, que me deixavam com a expectativa de que os mesmos agiriam de maneiras completamente opostas sob determinada situação. *Carai nenhum*. Cutuquei os loucos para entender os motivos que os levaram a essa reunião familiar inusitada e foi só abobrinha:

– O sal do mar e o calor do sol impedem a propagação do vírus. Eu vi no grupo do WhatsApp da rapaziada do jogo de baralho. Tinha até um vídeo desses médicos engomadinhos falando sobre isso. A praia está liberada – disse o meu tio Roberval, com a sua tradicional gargalhada escandalosa.

– Bom, precisamos aquecer novamente a economia para termos uma retomada mais acelerada. Os meus ativos voltariam a crescer rapidamente, a inflação será menor, os empregos voltarão a serem gerados. Farei esse sacrifício indo à praia – afirmou Leonardo, com um sorriso sem graça em seu rosto.

– Não aguento mais ficar em casa, longe desta natureza incrível. Preciso me reconectar, sentir a minha pele com o sal do mar. O suor escorrer do meu rosto com o calor intenso de um dia ensolarado – exclamou Isabel, com um ânimo que poucas vezes vi se repetir.

Durante esse passeio familiar perigoso, consegui compreender o *modus operandi* de boa parte daqueles que me cercavam diariamente. Tinham discursos diferentes, mas cometiam os mesmos erros. Passei a não acreditar nas indignações alheias, sem ter evidências claras em relação àquele sentimento. O que quero dizer com isso? As indignações virtuais duram até a próxima publicação. Prefiro uma atitude indignada ao invés de uma publicação indignada. Uma atitude que demonstre que você está indignado tende a ter duração e sinceridade muito aquém de alguns caracteres inseridos em devaneios empáticos emitidos aleatoriamente.

Esta foi a primeira faísca na minha fogueira interna, despertando uma grande curiosidade em estudar as pessoas. Fiquei absolutamente impactado por perceber que pessoas tão diferentes conseguiam manter uma unicidade impressionante nas atitudes irresponsáveis. Mantive um fascínio exagerado sobre o comportamento humano desde então. Completei duas formações, em Direito e Psicologia, com um posterior doutorado em Análise do Comportamento. Logo após a conclusão dos estudos, já embarquei na carreira de investigador particular.

Agora, no ano de 2041, com quinze anos de carreira, tenho trabalhado exaustivamente em busca de algo que eu nem sei o que é exatamente. Diariamente, de doze a catorze horas, estudando e investigando os casos aos quais sou responsável. Esta sempre foi a minha válvula de escape para permanecer fugindo da minha família e, principalmente, para conter o meu vício em bebidas alcoólicas.

O vício por álcool se iniciou após os meus primeiros anos de carreira como investigador. Nos finais de noite, quando não havia nada para se questionar além da própria existência, me envolvia com qualquer coisa que pudesse me tirar do senso de realidade por algumas horas. Enquanto redigia as minhas anotações feitas durante o dia, degustava o máximo de doses de uísque que fosse possível. Até que em determinado momento, já estava ingerindo quantidades cavalares de uísque sem estar redigindo qualquer anotação ou algo do gênero. O vício tinha me dominado, e foi assim por um bom tempo. Felizmente, consegui atingir a sobriedade e estou completando sete aniversários em que não coloco uma gota de álcool na boca.

Sobre minha família, posso dizer que me afastei depois daquele fatídico passeio. Não conseguia olhá-los da mesma maneira. Adquiri uma extrema dificuldade em me relacionar com as pessoas após os erráticos anos de 2020 e 2021. A esperança no ser humano tinha se esvaído, e o meu trabalho investigativo era a minha tentativa de me reconectar com essa gente que tem a mesma raça, mas que perdi o vínculo. Ao meu modo, tinha a percepção de que estava ajudando as pessoas e fazendo a minha contribuição para que o mundo não ficasse pior. Pelo menos, se o mundo acabasse, entendia que não teria contribuído tanto para isso.

Minhas interações familiares passaram a se resumir ao meu irmão e minha mãe. A dona Sônia, minha mãe, me cobrava frequentemente para eu ir visitá-la. Fugia dessas visitas rotineiras, pois não me sentia confortável em sua casa. Me trazia lembranças que não gostava de revisitar. Sua casa tinha um cheiro muito forte de cigarro e bala de menta, o que incomodava as minhas narinas e fazia com que eu fosse frequentemente até o portão.

A calçada da minha mãe ficava de frente para um boteco, que já estava de portas abertas por mais de trinta anos. O dono me conhecia desde pequeno, me chamava insistentemente de "queimadinho", mesmo depois de ter virado homem feito e conhecido pelo país afora. Ele se dirigia a mim dessa forma desde que eu tinha dez anos. Apesar do desconforto, eu até hoje nunca repreendi ninguém por me chamar assim. No meu imaginário de ideias, ter um apelido era o mais próximo que eu poderia chegar de pertencer a algum lugar. Nunca me senti pertencente a lugar algum na vida. Sempre estive procurando um espaço para chamar de meu.

Seu Joaquim, o dono daquele boteco, me esclareceu anos depois o motivo de me chamar daquela maneira. Quer dizer, ficou subentendido para mim o motivo, após uma publicação sua nas redes sociais. Seu Joaquim não gostava de pretos, e segundo as suas palavras, pelo que me bem recordo, dizia que éramos imprestáveis. A partir daquela descoberta, sempre que ele me chamava de "queimadinho", a minha mão coçava para dar aquilo que ele merecia.

Entre os transeuntes que movimentavam a rua da minha mãe, algo que sempre me saltava os olhos era a varanda que se estabelecia em cima do boteco. Tinha uma casa em cima daquela espelunca, onde residia Sheila, meu único e verdadeiro amor. Crescemos juntos, mesmo bairro, escola e igreja. Era Sheila a minha namorada no ano de 2020. A portadora dos meus sonhos, confidências e neuroses acerca do mundo. Perdi o apreço e o interesse por quase tudo, mudando completamente depois daqueles anos. Nada me satisfazia, nada me interessava, nada me fazia sorrir. Parecia que o filme da minha vida tinha passado por um corte do Zack Snyder e ficado cinza. A única coisa que conseguia pensar era em como poderia tornar o mundo melhor. Tinha olhos apenas para os problemas mundanos e me joguei nesse mar de porcarias.

Sheila não suportou a minha apatia e desinteresse em uma vida normal. Ela queria uma vida cheia de filhos, contas para pagar e idas ao shopping nos finais de semana para ver tudo, mas não comprar nada. Encerramos o namoro em um domingo entupido de tédio, quando estávamos assistindo o mesmo filme pela terceira vez e eu estava me lamentando sobre os rumos do Brasil. Caí no mundo depois daquele domingo. Sheila deu continuidade aos seus sonhos, se casou e teve três filhos. A molecada fazia a maior bagunça na varanda, e toda vez que eu aparecia no quintal da minha mãe, Sheila pedia para a criançada entrar.

Não era o pedido de entrada das crianças que me incomodava naquela situação, mas sim o olhar de Sheila. Apesar de esperar raiva ou ódio, ela me lançava olhares de frustração.

Um sentimento que passava pelo fato de termos conseguido o que queríamos, mas distantes um do outro. Mesmo que fôssemos incompatíveis, ainda pairava sobre os nossos imaginários a ideia de vivermos juntos. Pensava em Sheila, e ela pensava em mim. Ao fim dessa troca de olhares, retornava para a casa da minha mãe com os olhos avermelhados, que poderiam indicar que eu tivesse tragado algo de procedência duvidosa no quintal. Mas não, isso estava fora de cogitação. Todos sabiam da minha história com Sheila, e também não há nenhuma droga, lícita ou ilícita, que provocasse a cara de choro e frustração que esses encontros geravam.

Nesses momentos desagradáveis, meu irmão tentava iniciar as suas interações. Antes de ser um especialista do comportamento, eu era um especialista no meu irmão. O que me gerava um profundo desinteresse em qualquer conversa que fosse iniciada por ele. Tratava-se de um mentiroso nato, e justiça seja feita, boa parte da minha carreira de investigador devia-se às suas falcatruas. Eu simplesmente sabia quando ele estava mentindo. Toda vez que contava uma mentira, iniciava as frases com *Veja bem. Veja bem, Anísio, eu não traí a minha esposa. A gente se separou porque estávamos seguindo rumos diferentes. Veja bem, Anísio, estou procurando emprego. Veja bem, Anísio, eu te amo meu irmão. Você é incrível.*

Ainda não citei, mas o meu primeiro nome é Anísio. Anísio Roberto. Utilizava somente o Roberto, pois não gostava do meu nome. Meu pai colocou o nome do meu irmão de Felício, pois a sua intenção era que no futuro formássemos uma dupla sertaneja. Anísio e Felício. A primeira dupla sertaneja de homens negros, como ele dizia. Para sua infelicidade, jamais gostamos de sertanejo e cantamos mal feito uma nota setenta e cinco no karaokê. Ainda criei traumas em relação ao sertanejo, já que o meu pai colocava as suas músicas preferidas em alto volume, enquanto bebia as suas doses de bombeirinho (cachaça, limão e groselha). Nada contra, mas esse gênero musical passou a me causar perturbações com o passar dos anos e me prejudicar com a sobriedade.

Dona Sônia era a única pessoa capaz de me intimidar até aquela altura da minha vida. Como posso dizer? De alguma forma, ela era a única pessoa que sabia quando eu não estava falando a verdade. Não sei dizer como ela fazia aquilo. Quando criança, ela utilizava da seguinte estratégia: me colocava em uma mesa, de castigo, e sentava junto a mim, dizendo que eu não sairia de lá até que ela soubesse o que eu estava escondendo. Enquanto estávamos na mesa, ela cruzava as pernas e ficava batendo os dedos na mesa insistentemente e de forma insuportável.

Desde que voltei da última investigação, estive na espera por uma ligação ou mensagem da minha secretária Lourdes. Torcendo, é claro, para ela me dizer que teria um novo trabalho para ser feito. Afinal de contas, só entrava em contato comigo para esses fins. Minha mãe continuava me cobrando uma visita, e eu louco por mais uma investigação a ser realizada, para fugir daquele lugar que me trazia lembranças inoportunas.

Enfim, às sete e quarenta e cinco daquele domingo, recebi a desejada mensagem de Lourdes, me avisando ter novo trabalho a se fazer:

– Bom dia. Nova investigação a caminho Dr. Roberto! Mas olha, julgo que você não gostará deste novo trabalho.

– Bom dia, Lourdes. Por qual motivo?

– A investigação é na cidade de Libéria.

– O que tem?

– Você não sabe ainda o que está acontecendo naquela cidade amaldiçoada?

Pela fala da Lourdes, imaginei que se tratava de algo que estava sendo noticiado regularmente nos telejornais. Durante os meus dias de folga, eu nunca sabia o que estava sendo dito por aí. Quando estava em casa, me distanciava do que acontecia no mundo:

– Está acontecendo uma onda de suicídios na cidade de Libéria – disse Lourdes com emojis de espanto e urgência na mensagem.

– Como a Libéria é a cidade mais rica do estado de São Paulo, está atraindo a atenção do mundo todo – completou Lourdes.

– Sei. Mas, suicídios? Será que podemos ajudar?

– Cientistas de diferentes especialidades estiveram estudando este fenômeno por meses e as análises têm sido inconclusivas. Principalmente pelo suposto motivo dos suicídios.

– Qual o motivo?

– Um fantasma. Boa parte dos cidadãos está alegando que a cidade sofre com aparições fantasmagóricas.

Pronto. Me tornei um caça-fantasma? Imediatamente, achava que estavam querendo acabar com a minha reputação. Não sou fã de filmes de terror, e sou daqueles que acham que *Supernatural* tinha que ter acabado na quinta temporada. A Lourdes estava convencida de que seria um grande caso para a minha carreira. Ela não precisou de muitos argumentos para me convencer de que seria uma grande oportunidade, bastou me evidenciar a projeção e a popularidade que o caso tomou. Já se falava nas redes sociais que apenas o "investigador negão poderia resolver esse mistério". Jornalistas de diferentes países estavam interessados no caso. Além do dinheiro que a prefeitura da Libéria estava disposta a investir na investigação. Mais do que o dobro do que eu cobrava regularmente. Ainda por cima, aumentaram o valor devido ao prazo extremamente agressivo para o término da investigação. O prazo era de apenas cinco dias para a conclusão sobre os eventos inexplicáveis ocorridos na cidade.

Não precisei de mais do que vinte minutos para dar um ok e a Lourdes iniciar os trâmites para o início dos trabalhos. Depois da sinalização positiva para a prefeitura de Libéria, não demorou para um helicóptero pousar na frente do meu prédio, no meio da rua, causando o maior rebuliço. Percebi a magnitude do problema naquele momento; era uma mistura de som das hélices e buzinas dos carros que ficaram bloqueados pelo helicóptero. Arrumei as minhas malas rapidamente, e enviei uma mensagem de áudio para a minha mãe, explicando o que estava acontecendo e que eu não iria vê-la. Somente daqui a uma semana, já que a investigação teria a duração máxima de cinco dias.

Saí do meu apartamento e os meus vizinhos me aguardavam com a cabeça para fora e o corpo para dentro, desejando boa sorte na investigação enquanto eu, meio sem jeito, esperava o elevador chegar. No caminho até a portaria, pessoas gritavam o meu nome de suas varandas. Adentrei ao helicóptero, e fui acompanhado por seguranças que estavam armados até os dentes. Chegamos rápido até a cidade da Libéria. Era início de noite, e toda aquela imensidão de prédios comerciais iluminados, com uma variedade incrível de cores, passavam a impressão de grandiosidade que a cidade tinha. Minha primeira parada seria na residência do prefeito da Libéria, onde saberia os detalhes do que deveria ser investigado.

DOMINGO À NOITE – DIA 01

O prefeito da Libéria, Paulo, me aguardava ansiosamente. De longe, o vi balançando os braços e vibrando pela minha chegada com um largo sorriso no rosto. Era uma figura particularmente estranha. Estava com uma camisa social azul surrada, uma calça de moletom preta e sandálias do tipo papete com estampas do Brasil.

A segurança armada em volta de seu palácio ficou rodeando os meus movimentos com os seus olhares sisudos e violentos. Talvez eles ainda não tivessem sido avisados que o tal especialista que veio para salvar a cidade tinha a melanina que eles estavam acostumados a intimidar. Ou simplesmente por força do hábito, me olhavam como se eu fosse potencialmente delinquente, mesmo estando de terno e gravata:

– Olhem só o homem que salvará a minha cidade! – exclamou Paulo.

Paulo deu uma longa gargalhada, seguiu até a minha direção e me deu um aperto de mão bem apertado, como se quisesse mostrar alguma virilidade masculina naquele movimento. Em seguida, fomos em direção ao palácio da prefeitura, lugar onde morava como prefeito da cidade. O lugar era equipado com a mais alta tecnologia, diversos equipamentos de segurança, câmeras e drones fiscalizando cada passo dado ao redor daquele terreno. Mas quando menciono alta tecnologia, não fique imaginando que temos no ano de 2041 carros voadores e bugigangas mirabolantes.

A tecnologia avançou em relação aos anos 2020, mas nada surpreendente. Inclusive, estão desenvolvendo um novo filme do *Blade Runner* no ano 2099, para reciclar a expectativa de avanços surreais na tecnologia que vão destruir o mundo. Ainda estamos longe de termos robôs como ameaça à nossa espécie. A principal ameaça ao ser humano continua sendo o próprio ser humano.

No palácio havia uma bandeira do Brasil e da cidade de Libéria. Os drones com lasers de diferentes cores davam um clima futurista a todo ambiente. Antes de entrar no palácio passei por três detectores: de metais, de escutas e de pensamentos. Detector de pensamentos? Fiquei curioso pelo detector em questão e Paulo notou a minha curiosidade:

– Ficou curioso? O funcionamento desta máquina é simples. É feito uma varredura na web, identificando documentos, publicações e imagens nas quais você esteja participando de alguma forma. Independente se estes documentos forem criptografados ou não. Temos acesso a tudo que tenha sido digitalizado. Em seguida, é apontado um perfil em relação à sua personalidade.

Fiquei ainda mais curioso, pois ainda não tinha visto nada daquele jeito:

– E qual seria o meu perfil apontado por este detector? – perguntei.

– Bom, perfil moderado.

– O que isso quer dizer?

– Quer dizer que você não leva os seus valores ao extremo. Dificilmente se expõe. Quer dizer, pelo menos nos últimos dez anos que o intervalo que o detectador consegue avaliar.

O prefeito Paulo ficou me olhando de cima para baixo, lendo algumas coisas que o detector de pensamentos tinha apontado. Fiquei inseguro, pensando que algo foi captado pelo detector, e pudesse me prejudicar:

– O que foi? – perguntei ressabiado.

– Você é são-paulino? Magnifico. Tem jogo daqui a quinze minutos, vamos?

A máquina acertou como eram os meus pensamentos, mas não tudo. Obviamente, existem coisas que não coloquei digitalmente em lugar algum. Existiam ideias que só residiam no coração. Certas ideias que só Sheila e a minha mãe tinham conhecimento. Além disso muita coisa aconteceu para além do intervalo que o dispositivo conseguia avaliar:

– Eu como prefeito desta cidade, preciso saber se quem entra no meu palácio é meu opositor. Por aqui, progressista não entra. Corintiano, também não.

Subimos até o seu escritório, onde ele me prometeu passar detalhes sobre a situação da cidade. No caminho até lá, uma bagunça enorme nos cômodos do palácio me saltava os olhos. Quadros de arte jogados no chão, tapetes com furos, mesas danificadas e cadeiras com marcas de suor.

Ao chegarmos até o seu escritório, uma quantidade considerável de lixo estava espalhado pelo chão. Embalagens de *fast food*, pacotes de bolacha recheada e sacos de salgadinho de queijo. O desgraçado tinha um paladar infantil, claramente. A falta de higiene continua com os inúmeros ossos de asa de frango espalhados pelas mesas e escrivaninhas do escritório. Minha vontade era de gritar *Seu Porco,* mas me contive.

A televisão estava ligada, e passava o jogo de futebol que ele havia anunciado minutos antes. Tinha acabado de começar, Paulo sentou empolgado em seu sofá e começou a assistir:

– No intervalo, nós conversamos. Senta aí, não podemos perder esse jogo, não é?

Era um São Paulo e Corinthians, semifinal da Libertadores daquele ano. Quando o jogo estava rolando, Paulo colocava o futebol acima de qualquer assunto, inclusive dos suicídios. Não podia deixar de pensar que enquanto a bola rolava por aqueles noventa minutos, poderíamos estar avançando na investigação de alguma maneira. Fiz um paralelo imediato com os governantes da época pandêmica. Naquela época, o porco que comandava o país tirava férias de final de ano, fazia motociatas por aí, enquanto o país continuava desmoronando socialmente e economicamente. Teve até primeiro-ministro britânico que fez festas secretas enquanto a população estava com restrições até para comprar um pão na padaria. O entretenimento dos governantes continua sendo mais importante do que os anseios da população até os dias de hoje. Meu olhar denunciava o meu descontentamento, mas Paulo não se importava. Continuou a assistir ao jogo, com gritos e berros.

Tentava valorizar o meu tempo diante daquele disparate. Enquanto o jogo não chegava ao seu intervalo, fiquei observando o ambiente, coletando informações visualmente. Paulo gostava muito de futebol, e tinha algumas medalhas variadas, fotos com jogadores. Era torcedor fanático do São Paulo. O intervalo chegou, e ele não demorou a falar sem parar. Entretanto, nada sobre a investigação:

– Você deve estar pensando no motivo para que eu seja tão fissurado em futebol. Ainda mais nessa emergência pública em que estamos. Com essa expressão investigativa, esperando eu dar os detalhes dessa loucura que estamos vivendo na cidade. Veja bem, nada impede que eu assista o meu jogo. Nada. Esse é o meu momento!

Não é óbvio o motivo? O futebol me ensinou tudo sobre a vida e sobre a política. Pensei que fosse óbvio para você, doutor.

A vida tem grandes semelhanças com uma partida de futebol. Sim, claro, como não? Veja este jogo, por exemplo. Um a zero para o São Paulo, sendo necessárias dezesseis finalizações para conseguirmos fazer um único gol. Mesmo depois de tantas tentativas, quando sai o gol entramos em êxtase. Jogadores e torcedores, aproveitando o delírio do momento. Um momento ímpar, que apaga com uma borracha as quinze situações anteriores de decepção. Não importa quantas finalizações tenhamos errado. Se o gol sair, valerá a pena. Mas tem que ser gol, entende?

Na vida não é diferente, e nossa rotina diária comprova isso. Quantas finalizações erradas ao gol durante o dia, até que o golaço seja marcado? Muitas vezes, nem golaço é. Está mais para uma canelada na bola. Aquele gol de nariz. O gol pode ser aquele vinho que você toma depois do jantar com a sua esposa. Pode ser aquela partida de videogame no fim da noite. Os jeitos de balançar as redes são variados. Concorda comigo, doutor?

O gol demora para sair. A vida é uma retranca argentina, jogando em um esquema de cinco zagueiros, três volantes e dois laterais. A vida é um time que vai fazer de tudo e mais um pouco para você não marcar gol algum.

Vou além. Se pararmos para observar o futebol, veremos que é um esporte essencialmente ridículo. Vinte e dois homens correndo atrás de uma bola, onde o objetivo é atravessá-la em uma linha entre duas traves? Ridículo. Como é engraçado, não é mesmo? É o esporte mais adorado do mundo. Pensa comigo, viver também não é ridículo? Corremos para adquirir bens, adoramos deuses. No fim das contas, somos enterrados a sete palmos do chão sendo comidos por insetos, e achando que fomos para outro plano. É ou não é uma percepção ridícula da realidade?

Não para por aí! Aprendi a fazer política com o futebol. Vou te dar um exemplo. Sabe aquele volante do São Paulo, que eu xinguei o primeiro tempo inteiro? O Foguete? O cara é ruim demais da conta! Só que a sua personalidade faz com que o cara seja ídolo do São Paulo. Já está no time há mais de oito anos. Sabe por quê? Provoca os rivais sempre que pode. Muitas provocações com o Corinthians, em especial. E adivinha só? Todos o adoram, mesmo que ele seja péssimo.

Essa é a maior lição que o futebol poderia ter me fornecido. O inimigo do meu inimigo é meu amigo. Você pode ser um idiota, mas se odiar quem os eleitores odeiam, você ganhará. Estou no fim do meu quinto mandato, completando vinte anos como prefeito dessa cidade, simplesmente odiando a quem todos odeiam. Faço o personagem de que sou contra gays, negros, pobres etc. Nada contra você, certo? São só negócios.

Sendo sincero, não queria ser como os idiotas. Eles são a maioria, e a maioria vence as eleições. Alguns acreditam que os governantes mudam o pensamento das pessoas. Na verdade, somos o que os eleitores querem, e eles só querem se odiar.

Doutor Roberto, vamos lá! Não me olhe assim. Como diria um grande amigo: me diga quem ama, e eu não conseguirei amar igual. Me diga quem odeia, e odiarei em dobro. Não se esqueça: ainda estamos na era do ódio!

Mesmo incomodado com aquela situação, tinha de admitir que Paulo trouxe boas argumentações sobre a vida e o futebol. De fato, ninguém fica no poder por tanto tempo sendo burro. Apesar de ser um porco, não era burro. Não dá para negar, estávamos na era do ódio e dos idiotas já há algum tempo.

Não acompanhava o futebol da maneira adequada para um torcedor, mas sabia o que rolava. Digo, sempre estava por dentro. Sabia se o São Paulo tinha vencido, perdido ou empatado. Apenas. Não assistia futebol há alguns meses, e se perguntassem qual era a escalação titular do time naquela época, não saberia responder.

Aquele papo com o prefeito me fez recordar o momento em que virei são paulino. Na época, perto dos anos 2000, o São Paulo estava em uma fase de vacas magras. Não ganhava títulos importantes e perdia com frequência para os rivais. Em suma, não era um time atraente para uma criança torcer. Entretanto, em certa parte da minha infância, estava assistindo um programa esportivo que apresentou a história do "Diamante Negro", Leônidas da Silva, jogador que fez história no tricolor paulista. Foi o suficiente para que eu tomasse a decisão de torcer para o São Paulo. Sem grandes justificativas. Foi só pela história do Leônidas, pelo fato dele ser negro, e por ter jogado no São Paulo entre os times paulistas.

Obviamente, como irmão mais velho, influí para que Felício também torcesse pelo São Paulo. Motivo que nos aproximou de certa forma, já que o assunto futebol sempre foi um ponto de partida para as nossas conversas. Nunca tivemos muito em comum, mas o futebol salvava as nossas interações e salva até hoje. O futebol tem essa capacidade:

– Pensando na analogia que você fez, do futebol com a vida. Qual seria a minha função nesta partida de futebol? – perguntei ao prefeito Paulo, com tom de ironia.

– Você é o meu atacante, porra! – disse Paulo, vociferando para os quatro ventos e dando soluços de risos.

Paulo era um personagem lamentável que estava em alta nos últimos vinte anos. Inescrupuloso, violento e com um ar de suposta sinceridade e honestidade. As minhas investigações ainda não revelaram os motivos, mas nos últimos vinte e cinco anos, a sociedade mundial investiu em líderes idiotas e incapazes de exercerem tal função.

O jogo de futebol se reiniciou e Paulo voltou a me ignorar. O volante Foguete foi expulso, e ele quase quebrou a televisão. Enquanto ele se exaltava, fiquei andando pelo seu escritório e reparando em seus pertences. Paulo era casado, e tinha fotos espalhadas de sua família pelo cômodo. Mas me chamou a atenção as diversas fotos que ele tinha com outro homem, que não podia ser seu filho e nem o seu pai. Poderia, quem sabe, ser um irmão. Talvez fosse, mesmo que eles não fossem nada parecidos. O jogo finalizou e o questionei sobre quem era aquele homem:

– Quem é esse?

– Áquila, presidente da Zeitgeist.

– Zeitgeist?

– Maior empresa de tecnologia deste país. Ele esteve comigo nestes últimos vinte anos aqui na cidade, apoiando as minhas candidaturas e exercendo a influência financeira e política que sempre precisei. Devo tudo a este homem.

– Sei.

– Ele está tendo muitos problemas com esse surto, perdendo muitos funcionários. Como é o meu principal apoiador, preciso dele para conseguir mais um mandato.

Gradativamente, assimilei que quem dava as cartas na cidade, era Áquila. Paulo era só um fantoche, e estava ali justamente para resolver um problema que estava causando muitos danos financeiros ao maior empresário da região.

O nome de Áquila não soava estranho, e lembrei que o vi algumas vezes na televisão, falando sobre as inovações que a sua empresa estava trazendo para o Brasil. Sua empresa era a Zeitgeist, uma multinacional de tecnologia que tinha parceria com uma agência espacial para o desenvolvimento de todo o tipo de equipamentos.

– Seguinte Roberto: você tem cinco dias para finalizar a investigação. É por isso que iremos te pagar o triplo do valor dos seus honorários. A urgência está sendo causada pela imprensa, impactando na queda das ações da Zeitgeist na bolsa de valores etc. Há dois dias, cinquenta pessoas se suicidaram. Dez eram funcionários da Zeitgeist, o que gerou diversos rumores sobre o ambiente organizacional da empresa. Notícias falsas por todo o canto. Fora o boato de que o responsável pelos suicídios seria a aparição de um Fantasma. Queremos que você prove que é uma mentira, e indique o verdadeiro responsável.

Paulo tinha receios claros em relação ao futuro da Zeitgeist na cidade, caso esse incidente não fosse solucionado. Em todo momento que Paulo mencionava Áquila ou Zeitgeist, percebia um movimento incomum de desconforto em seu tronco. Ele se inclinava levemente para a esquerda, com uma tremida em seu olho direito, indicando um grande estresse. Volta e meia, olhava para uma faca prateada que ficava em frente a sua mesa. Quando era mencionado a palavra "Fantasma", Paulo olhava para aquele exemplar de faca, que parecia ser um item de coleção, entre as várias antiguidades que estavam penduradas em seu escritório. Aquele artefato intrigava o prefeito. De alguma maneira, os suicídios geravam sentimentos escusos em Paulo, que não gostava de comentar sobre:

– Você já teve algum contato, com esse tal Fantasma?

– Não. De jeito nenhum. Vai me dizer agora que você considera a possibilidade disso ser real?

– Possível sim, mas pouco provável. Chance mínima. Vou reformular a minha pergunta. Você já se sentiu afetado por este suposto Fantasma? Já pensou em tirar a própria vida?

– Claro que não!

Paulo se exaltou em sua última resposta e ficou com um aspecto sisudo. De uma hora para outra, ficou extremamente desconfortável, e tinha algo misterioso na relação do prefeito com este suposto evento fantasmagórico. Fiz minha primeira anotação acerca do caso: Paulo não era confiável e escondia segredos.

A princípio, a investigação seria um agrado a Áquila, o que fez com que eu já tivesse uma reunião agendada com o mesmo no primeiro horário do dia seguinte. Fui acompanhado até o lugar que seria o meu aposento nos cinco dias em que estaria na cidade. Hotel luxuoso, principal acomodação do município. De certa forma, todo aquele aparato também era uma maneira de me pressionar em relação aos resultados esperados. Aprendi cedo que nada é de graça. Essas regalias cobrariam o seu preço.

No caminho até o hotel, começava a assimilar lentamente a maneira como os cidadãos daquela cidade viviam. O relógio apontava dez e meia da noite, mas as ruas continuavam lotadas. Era um fim de domingo, mas tínhamos uma movimentação característica de uma sexta ou de um sábado. A cidade estava passando por uma grande tragédia, e as pessoas pareciam não se importar. Não parecia que estávamos no meio de uma emergência de saúde pública. Me via voltando ao passado, vinte anos atrás, quando me incomodei pela primeira vez com o mundo. Os anos seguintes, com todas as investigações realizadas e cidades que já visitei, me mostraram aquilo que não queria admitir: o mundo é um grande ato de irresponsabilidade.

Ao chegar ao hotel, todos me esperavam ansiosamente. O funcionário Miguel era o responsável por me apresentar as acomodações e explicar as rotinas diárias. Informou sobre os horários de funcionamento do restaurante do hotel, serviço de quarto e outras cordialidades à minha disposição. Miguel estava muito animado. Aliás, até então, só tinha encontrado gente animada com a minha chegada. Não pareciam estar em uma situação de catástrofe.

Ao abrir a porta do meu quarto, exibiu o frigobar com uma vasta variedade de bebidas alcoólicas. Miguel falou sobre as opções alcoólicas, uma a uma, seguida de comentários elogiando as respectivas águas que passarinho não bebe. Fez aquilo como se fosse a cereja do bolo para algo, como se ele soubesse que sou alcoólatra. Mas como poderia? Descartei a ideia.

O quarto mais parecia uma casa residencial. Toda mobiliada, com todos os equipamentos de uma residência comum, além de uma cozinha particular com a despensa cheia de alimentos. Parei sobre a janela, e vi de forma panorâmica o excesso de pessoas que estavam pelas ruas. Me lembrei imediatamente dos tempos pandêmicos, quando as festas de fim de ano se aproximavam. O Brás e a 25 de março se transformando em um formigueiro humano, mesmo com quase 200 mil mortos pela pandemia. O quão irresponsável o ser humano poderia ser? Fiquei me questionando, enquanto Miguel observava o meu momento contemplativo:

– Vista bonita, não é doutor?

– É sim. Quanta gente na rua! Ainda mais em um domingo, no fim da noite.

– Aqui nós somos assim. Gostamos de sair pelas ruas, tomar uma cerveja, curtir um pouco do tempo livre após o trabalho.

– Sei. E ninguém está com receio deste Fantasma que está por aí?

– Com certeza. Mas a vida não pode parar né, doutor?

Miguel encerrou a nossa conversa com um largo sorriso no rosto, e fechando a porta com os dizeres que ecoavam sobre a minha cabeça pelo restante da noite: "A vida não pode parar". Sempre que escutei isso na vida, foram em momentos nos quais as pessoas justificavam a sua falta de senso coletivo.

Ou quando, por ventura, estavam colocando grandes riscos a si mesmos com ações impensadas. Escutava estas justificativas na reunião de alcoólatras que participava regularmente.

É como se viver fosse essencialmente ir se matando. Claro que toda pulsão de vida também é pulsão de morte, eu sei. Precisamos viver para morrer. Mas não estou falando disso. Estou falando desse suicídio a conta-gotas que praticamos diariamente. Em doses menores, gradualmente, destruindo a própria vitalidade. Se levarmos ao pé da letra, a vida nunca para. O que eles querem dizer, na verdade, é que o que não pode parar é a nossa grande capacidade de se autodestruir.

SEGUNDA-FEIRA PELA MANHÃ – DIA 02

Levantei cedo. Não por vontade própria, mas sim porque não tinha descido a persiana na noite anterior e os raios solares foram direto em minha face. Ao abrir os olhos, me deparei com o frigobar aberto. Peguei uma água, tomei os meus remédios e me organizei mentalmente sobre como avançar nas investigações, sabendo que iria a Zeitgeist me reunir com o Áquila.

Olhando pela janela por mais uma vez, a rua continuava cheia para às sete e quarenta e cinco da manhã de uma segunda-feira. Assim como fazia na minha casa, desci as escadas e não utilizei o elevador. Chegando no térreo, fui ao restaurante do hotel para tomar o café da manhã. Estava vazio. Miguel já estava por lá, e não entendia qual era a sua escala, pois aparentemente ele sempre estava presente. Não só não tinha ninguém no restaurante, como também todos os que saiam pelos elevadores já tinham um pão na mão e um copo de café. Todos, sem exceção. Todo mundo desta cidade estava atrasado? Aquele comportamento estava distante de ser normal.

A Zeitgeist estava localizada a menos de dois quilômetros de distância. Tomei a decisão de ir a pé, com o intuito de sentir a atmosfera da cidade e tomar nota do que fosse relevante. A rua do hotel tinha as principais lojas da cidade e era onde estava o fluxo principal de comércio. Grande parte das lojas já estavam abertas, com alguns comerciantes fumando os seus cigarros e me observando enquanto passava em frente a suas marquises. Não me olhavam de maneira amigável. Mas não era daquela forma nada amigável que a maioria das pessoas olha para os pretos como eu. Eles me tratavam como uma ameaça às suas finanças. Compreendia o motivo. Eu era o cara que poderia dizer que o Fantasma é real, fazendo com que toda aquela movimentação frenética nas ruas diminuísse drasticamente. Eu era o biólogo epidemiologista, o Fantasma era a pandemia.

Minha mãe não tinha me mandado mensagem até aquele momento. Não só ela: absolutamente ninguém tinha me enviado qualquer mensagem até aquela altura do dia. Era estranho. Minha mãe e a minha tia Eunice sempre enviavam o salmo bíblico do dia nas primeiras horas matutinas. Nos grupos em que tinha meus amigos de escola com quem não falo há mais de dez anos, sempre rolavam memes e algumas piadas sem graça. Também nada. Nenhuma movimentação virtual que me envolvia, fato que não ocorria há muito tempo.

Enquanto me aproximava da Zeitgeist, foi possível perceber que os comerciantes não seriam os únicos que me olhariam torto. Era nítido que aquele subjetivo de ideias presentes em Paulo eram compartilhados pela maioria dos munícipes. O incentivo a hostilidade era explícito, além de uma grande recusa a aceitar a hipótese de que o Fantasma pudesse existir ou de que os suicídios estivessem correlacionados àquela questão.

Faltando cem metros de distância para a empresa de Áquila, conseguia escutar alguns ecos de microfone. Tinha alguma manifestação ocorrendo na frente da empresa. Não tinha ideia do que se tratava. Greve não podia ser, já que virou folclore popular na década de 2030. A última greve que tivemos foi em 2028, e depois nunca mais se ouviu falar em qualquer movimentação desse tipo por parte dos trabalhadores.

Havia algumas barracas ao redor da Zeitgeist, com um bom bocado de gente. Poderia ser uma greve ou um protesto, e a intenção pacífica do movimento ficou evidente assim que me aproximei. Se aglomeravam em torno de uma padaria que ficava em frente à empresa, chamada “Sem Pressa”. O grupo do protesto, por sua vez, se intitulava “Revoltados do Fantasma”. O líder do grupo tinha um nome curioso: Pedrinho Revoltado. Achei engraçado, parecia aqueles nomes ruins de candidatos a vereador que observávamos nas eleições.

– Meus amigos, tenho dormido na frente desta empresa desde o fatídico dia em que essa onda de suicídios tomou conta de nossa cidade. Já estamos indo para o quarto dia, e não sairemos enquanto o senhor Áquila e o prefeito Paulo não forem responsabilizados pelo ocorrido! – exclamou Pedrinho Revoltado, seguido de berros animados dos seus companheiros de manifesto.

Pedrinho e seu grupo fariam parte da investigação, visto que eles poderiam me fornecer informações relevantes sobre este fenômeno. Eu não poderia ignorar o fato daquelas pessoas defenderem o suposto Fantasma. Não apenas defendiam como apontavam outro culpado para a tragédia. O horário combinado com Áquila se aproximava do ponteiro do relógio, e apertei o passo devido a minha pontualidade neurótica.

Oito e meia da matina. Passei pela porta automática de entrada da Zeitgeist que disse automaticamente por uma interface virtual: *Seja bem-vindo a Zeitgeist, a melhor empresa para se trabalhar em tecnologia.* Todo mundo estava de um lado para o outro, correndo, como se fosse três horas da tarde. A recepcionista mal olhou na minha cara e só deu as orientações de como chegar na sala do Áquila. *Sobe a escada, vira à direita. Segue o corredor até o fim. Aí você vai ver uma sala com a porta dourada. Dá um chute na porta. Isso mesmo, uma bica. Não sei, foram instruções do Seu Áquila.*

Subi as escadas e virei à direita, seguindo pelo corredor conforme me foi orientado. O corredor em questão era composto por quartos de ambos os lados, com vidros transparentes e sem qualquer privacidade. Durante a minha caminhada vi algumas pessoas, de pijama com os seus notebooks em cima do colo e tomando café. Outras ainda dormindo e outros escovando os seus dentes. Não fazia ideia do que estava presenciando. Aquilo era uma empresa ou um hotel com uma proposta de casa vidro estilo Big Brother Brasil?

Chegando na sala dourada, deu uma bica violenta que quase arrombou a porta. Áquila a abriu, escovando os dentes. Pediu para entrar, cuspindo pasta para todos os lados. Por ali tinha um sofá-cama forrado por um lençol e um cobertor dobrado. Por mais bizarro que isso pudesse parecer, tanto ele quanto os funcionários possuíam quartos para dormir dentro da empresa. Com banheiros privativos e etc. Apenas Áquila possuía um quarto "privado" e sem o vidro transparente para mostrar tudo o que estava sendo feito no quarto em questão. Achei aquela merda toda uma doideira sem tamanho e sem precedência em toda a minha vida, o que fez com que Áquila começasse a falar.

Segundo o mandatário da Zeitgeist, os quartos eram um benefício aos trabalhadores que optam por não voltar para casa após longas noites de trabalho. Ele comentou que existiam pessoas trabalhando dezesseis, dezoito horas por dia. Sendo assim, um quarto no trabalho aumenta a produtividade e a eficiência do sono dos colaboradores. Segurei o riso, já que o bilionário estava tratando com normalidade aquela situação. Aquilo o incomodou, pois ele está particularmente acostumado a ser paparicado por todos:

– Já teve algum contato com esse suposto Fantasma?

– Não!

– Qual a sua opinião sobre estes eventos na cidade?

– Parece-me óbvio que esse Fantasma não existe. Isso é invenção das pessoas que não gostam da Zeitgeist e do nosso querido prefeito Paulo. O que tem me incomodado em relação a este assunto, é que estão inserindo o nome da minha empresa nesse rebuliço. O que temos a ver com isso? Acha que somos tão ruins a ponto de fazer com que uma pessoa se mate? Não faz o menor sentido.

Com o tom de voz elevadíssimo, Áquila seguiu aos berros dizendo que a sua empresa perdia muito dinheiro por causa deste boato envolvendo o Fantasma. Segundo ele, seus funcionários trabalhavam sob forte estresse para que as perdas fossem minimizadas. Mencionou ter os melhores cientistas à sua disposição, devido ao consórcio com a estação espacial. Disse que até os colocou para trabalhar nesse caso.

– Eles ainda estão trabalhando no caso?

Fiquei interessado nesses cientistas, e até onde chegaram com as suas pesquisas. Áquila demonstrou raiva em sua resposta:

– Não!

– Hum!

– Aconteceram alguns suicídios entre os cientistas. Foram três, e eles resolveram parar com as pesquisas.

Áquila mencionou que a minha investigação era a sua última esperança, e que já tinha gastado todos os recursos disponíveis para desvendar esse mistério. Conversamos por mais de trinta minutos, e o bilionário da tecnologia disse as mais variadas babaquices, com um conteúdo que não pude aproveitar em nada para a investigação. Confesso que as bobagens entraram por um ouvido e saíram pelo outro.

Fiquei distraído por algo que me incomodava na face de Áquila. Ele tinha os dentes laqueados, como a maioria dos milionários daquela época. Não sei dizer qual procedimento estético que foi feito. Particularmente não sou fã. Sempre achei estes sorrisos artificiais parecidos com aqueles dentes falsos de vampiro que vinham no pacote de doces do Halloween. Mas os dentes de Áquila estavam laqueados demais. Fiquei hipnotizado pela estranheza daquilo. Os dentes do cara pareciam aquelas pedras de cozinha muito brancas e que não criam manchas nem por um caralho. O Áquila poderia engolir um pote de graxa que os seus dentes não manchariam.

Finalmente fui tirado daquela conversa no momento em que Áquila me alertou que tínhamos chegado ao horário da reunião semanal que ele tinha com os executivos e líderes de equipe, no auditório de eventos da Zeitgeist. Quando chegamos lá, todos os funcionários estavam sentados e em completo silêncio, apenas aguardando o presidente da companhia. Cheguei ao auditório junto de Áquila, e ao invés de ficar ao seu lado, fui me sentar no auditório.

Um funcionário ficou me olhando de cabo a rabo, sempre que podia. Tomei a decisão de me sentar ao seu lado. Quando o olhava, ele rapidamente desviava o seu olhar. Este funcionário ficava desconfortável por estar ao meu lado. Áquila iniciava uma apresentação sobre os impactos do surto fantasmagórico nos últimos dias, e o quanto contava com o comprometimento dos funcionários para tirar a empresa e a cidade daquela situação. Em sua fala, dizia ser primordial que continuassem sendo responsáveis e ajudassem a não deixar que familiares e amigos acreditassem nesse conto de fadas da existência de um Fantasma na cidade.

A apresentação era um show de horrores, e os funcionários demonstravam desconforto. Não de forma aparente, mas visíveis a um olhar investigativo. Áquila falava sobre os benefícios concedidos pela Zeitgeist para promoção de bem-estar e saúde. Dizia sobre as aulas de *misqui dénci* às três e quarenta e cinco da tarde, e sobre as sessões de *maidifunés* às nove e quarenta e cinco da manhã. Segundo Áquila, estas iniciativas o revigoravam e permitiam que ele pudesse atingir o mais alto desempenho e performance durante o dia.

Comentou sobre as suas iniciativas de inclusão e diversidade, e todo o seu histórico de filantropia e responsabilidade social. Os executivos e líderes escutavam toda aquela groselha com semblantes nauseados, como se tivessem trocado o sal pelo açúcar, ou confundido o arroz doce com o purê de batata.

Era perceptível que as pessoas daquele auditório faziam um esforço enorme para transparecer alguma normalidade diante daquela situação. Mas era possível notar o desconforto. O funcionário que estava ao meu lado, por exemplo, demonstrava a sua não conformidade com a situação, ajeitando a sua gravata borboleta. Sempre que se sentia desconfortável, ajeitava aquela gravata borboleta de cor azul bebê. Ridícula, a propósito.

Ao fim da reunião, Áquila chamou justamente o tal funcionário para uma conversa. No meio do auditório, de uma forma que eu pudesse presenciar. Fui finalmente apresentado a esse cidadão, e o seu nome era Caio. O mesmo foi incumbido de me orientar durante o dia pela Zeitgeist, e responder quaisquer questionamentos que eu poderia ter. Caio notadamente ficou apavorado com aquela tarefa adicional. Me pareceu totalmente atordoado e não conseguiu me dar a mínima atenção durante o seu dia de trabalho. Além de exercer o papel de liderança, com os seus subordinados o fazendo perguntas a cada minuto, ainda funcionava como um para-raios de "soluções de crises nos ambientes produtivos dos clientes da Zeitgeist". Estava sobrecarregado, e todas as minhas perguntas eram respondidas da mesma maneira: "Durante o almoço, conversaremos melhor. Estou enroladíssimo."

Enquanto o horário de almoço não chegava, verifiquei minhas mensagens e novamente notei que não tinha recebido nenhuma. Tentei enviar mensagem para a minha mãe, e a mesma não foi entregue. Imaginei que estivesse sem sinal por algum motivo. Perguntei às pessoas ao meu redor e todos desconheciam o problema. Áquila me viu de longe questionando as pessoas referente ao sinal do celular, e me chamou para tomarmos um café:

– Fiquei imaginando quanto tempo você demoraria para notar.

– Notar o quê?

– Olha Roberto, estamos em uma investigação de nível crítico, com informações confidenciais que você seguramente acabará descobrindo. Não podemos correr riscos.

– Do que você está falando?

– Seu celular. Bloqueamos o tráfego de dados da cidade toda, e basicamente ninguém recebe informações de fora. Nem ligações, nem mensagens. Bloqueamos também a entrada para as redes sociais, e estamos isolados do resto do mundo.

– Isso não pode ser sério – respondi com a animosidade necessária para evidenciar que estava começando a ficar irritado com aquela situação.

– Calma lá. São só cinco dias de isolamento Roberto, por que está bravo? Imaginei que você fosse daqueles que não se importavam muito com tecnologia. Já que o isolamento social não dá certo, ao menos implementamos aqui o isolamento virtual. Se lembra da última pandemia, não é?

Claro que me lembrava. Me tornei investigador por causa da pandemia. As pessoas não respeitaram o isolamento social. Nem quando estávamos atingindo quatro mil mortes diárias. Morreram 700 mil pessoas e mesmo assim, 58 milhões de pessoas depositaram a sua confiança no coautor dessas mortes. A idiotice e o egoísmo tinham atingido o seu ápice naquela época. Continuam em alta até hoje. A ciência precisa urgentemente criar uma vacina contra a burrice:

– Não é sobre tecnologia que estamos falando. Tenho que continuar me comunicando com a minha equipe e os meus familiares – esbravejei com Áquila, deixando claro o meu descontentamento.

– Roberto, ninguém vai morrer em cinco dias, tá ok? Finalize a sua investigação, e depois você está liberado para sair da cidade e falar com quem quiser. Agora, eu não posso mais correr o risco de informações equivocadas serem vazadas e as ações da Zeitgeist caírem ainda mais. *No way.*

Eu estava irritadíssimo. Áquila dizia com uma presunção de dar nojo, o que me deixava com os punhos cerrados. Foram necessárias poucas horas para que o fundador da Zeitgeist me causasse náuseas. O questionei se o isolamento virtual também não o trazia prejuízos devido ao isolamento dos seus próprios funcionários aos clientes externos, mas ele disse que não e que os seus *cláientis* eram compreensíveis com a situação.

– Não esqueça que estamos de olho em você. Não tente fugir. Você não sai dessa cidade sem concluir a investigação.

Dizia com um olhar intimidador e batendo o pé esquerdo, da mesma maneira que a minha mãe fazia quando me via com a Sheila. Caramba! Minha mãe e a Sheila. Não me agradava receber as mensagens matinais da minha coroa, mas já começava a sentir falta depois que soube que não as receberia pelos próximos dias. Estava até sentindo falta de sua casa, só para ver Sheila saindo de sua varanda.

Áquila retornou ao seu recanto corporativo, enquanto todos os seus funcionários me olhavam como se eu fosse um subordinado do chefe. Era notável o receio que a minha presença instaurou em seus respectivos imaginários. No semblante de alguns, o medo surgia em suas expressões, com os olhares dizendo que as coisas iriam se complicar pelos próximos dias.

O horário do almoço chegou, mas Caio permaneceu cheio de tarefas. Retirou uma bolacha recheada de sua mochila, e fez um sinal sutil de lamentação na minha direção, indicando que não pretendia almoçar. O meu estômago já estava saindo pela boca, então pensei em aproveitar o momento do almoço para interagir com outras pessoas da cidade. O meu tempo era curto, precisava potencializá-lo.

Almoçar na padaria "Sem Pressa", aquela próxima da Zeitgeist, se apresentava como uma boa oportunidade para falar com os manifestantes. Aquele era o único estabelecimento que permitia que manifestantes pudessem frequentar, isso porque o dono da padaria era um senhor que perdera a casa para a construção da Zeitgeist, há vinte anos. Perdido entre aspas, já que os seus pais venderam a casa a preço de banana, assim como os seus dez vizinhos.

Entrando na padaria, os que lá estavam me olhavam da mesma forma que os bêbados que ficavam no boteco em perto da casa da minha mãe. Só faltava alguém me chamar de "Queimadinho" para que a cópia fosse completa. Não me hostilizavam, mas passavam a impressão de que não era bem-vindo. Meu foco era falar com Pedrinho Revoltado, que estava no fundo do restaurante, com um olhar de sarcasmo.

Eu até tinha uma estratégia de chamar a atenção de Pedrinho, mas ela já estava toda voltada para mim. Insistentemente, todos observavam os meus passos na padaria. Era uma figura famosa, conhecida por muitos pelas aparições nos telejornais devido às investigações passadas. Possivelmente, todos sabiam o meu nome.

Almocei um prato feito tradicional, bife acebolado, arroz e batata frita. Pedrinho levantou de seu assento com mais umas cinco pessoas e veio em minha direção. Parou do meu lado, olhou nos meus olhos e riu com um ar de satisfação. Um sorriso debochado com um toque presunçoso indicando que ele sabia de algo que eu não tinha conhecimento. Aquilo me deixou desconfortável:

– Está rindo de quê?

– É engraçado. O Fantasma disse que seria exatamente assim.

– Assim como?

– Assim! Minha felicidade em te encontrar, te deixaria irritado.

Do que esse cara estava falando? Não fazia ideia. Fiquei surpreso, mas aquela era a brecha que eu precisava para dar prosseguimento às minhas investigações com a turma do Pedrinho. Fiz algumas perguntas, e Pedrinho começou a explicar a sua história:

– Posso te chamar de Betim? Bom, vou chamar assim mesmo. Sou cria deste lugar. Nascido e criado na cidade de Libéria. Lembro-me de quando aqui era apenas uma cidade do interior com estradas de terra. Nesta rua, por exemplo, fazíamos traves de chinelo e jogávamos bola até o anoitecer.

Como qualquer outro cidadão desta pequena cidade, fiquei maravilhado quando vi todo o investimento que começou a ser feito por aqui. Empresas sendo estabelecidas, shoppings sendo construídos, prédios sendo levantados. Tecnologia de ponta chegando, com uma estação espacial desenvolvendo os seus estudos aqui neste pedaço de terra. Achava incrível, e sentia que a cidade estava recebendo uma benção divina. Como se Deus estivesse nos olhando e dizendo com orgulho: “Eu vou resolver a vida desta cidade esquecida pelo mundo”.

Quando? Ainda era adolescente, há muitos anos. Lembro de estar no último ano do ensino médio quando a Zeitgeist se estabeleceu como a principal empresa da cidade e uma das maiores do país. Claro que fiquei empolgado. A percepção de todos os jovens daquela geração se modificou bruscamente em relação às tradições existentes. A maioria partilhava de um mesmo objetivo: ser funcionário da Zeitgeist. Tinham várias empresas abrindo pela cidade, mas a maior e mais admirada era a Zeitgeist. Por esse motivo, me graduei em Desenvolvimento de Sistemas, fui contratado e fiquei por quinze anos na Zeitgeist. Quinze longos anos, doutor!

Desde o meu primeiro ano, vesti a camisa da empresa e a defendi com todas as minhas forças. Ano após ano, fui recebendo promoções e benefícios. Até me tornar um executivo e ter contato direto com o Áquila. Já naquela época, ele não era quem eu imaginava que fosse, mas isso ainda não tinha relevância. Não me importava com o que os meus companheiros de trabalho diziam. Eu estava em uma espécie de êxtase emocional, como se uma lavagem cerebral tivesse sido efetuada e eu apenas agisse conforme os objetivos da Zeitgeist. Por mais de dez anos, tudo na minha vida foi centrado na Zeitgeist.

Até que tive problemas nos quadris; no esquerdo a situação era mais grave. A minha morfologia corporal fez com que os meus quadris se desenvolvessem incorretamente. Eles chamam este problema de impacto femoroacetabular. Era uma cirurgia simples. Aquela que tem três furinhos, sabe? Qual é o nome mesmo? Isso! Artroscopia. A recuperação seria em cerca de um mês.

Antes da cirurgia, Áquila veio conversar comigo sobre as minhas atividades e percebi em seu semblante um incômodo. Ele não gostou do fato de saber que um dos seus principais executivos iria ficar de fora por quatro semanas. Mas era necessário, sentia espasmos musculares diários. Ao menor movimento de sentar em uma cadeira, as dores eram insuportáveis.

Enquanto conversávamos, as pessoas que presenciavam aquela conversa ficaram curiosas, com os olhos e ouvidos nos procurando. A história do Pedrinho era uma espécie de atração quando era contada. Todos queriam escutá-la novamente:

– Eu sei que você está ansioso para escutar as minhas experiências com o Fantasma e de como me tornei revoltado, pois Pedrinho sempre fui. Logo que fiz a cirurgia, o ortopedista em questão me informou que durante o procedimento, encontraram uma lesão considerável na cartilagem e que foi preciso corrigir. A recuperação pulou de um para três meses. O Áquila simplesmente ficou doido de raiva. Fez da minha vida um inferno durante a minha recuperação.

Até queria saber sobre toda essa história do Pedrinho Revoltado, mas o foco da investigação era o Fantasma. Não estava com grande interesse na história de revolta do Pedrinho contra a Zeitgeist, mesmo que eu não deixasse nenhum detalhe de fora das minhas investigações. É bem verdade que Pedrinho adicionou detalhes em relação à personalidade de Áquila que também eram relevantes para mim. Mas naquele momento, o foco era ter a primeira pista de onde o Fantasma poderia estar:

– Certo, nós chegaremos nesse ponto. Em todo aquele estresse e frustração, senti como se tivesse jogado a minha vida no lixo. Era como se aqueles quinze anos na Zeitgeist não valessem absolutamente nada para o Áquila. Os meus companheiros de trabalho, aqueles desgraçados, mal queriam saber se eu estava vivo ou morto depois da cirurgia.

No segundo mês de recuperação e no auge da minha frustração pessoal, tive uma infestação de formigas na cozinha da minha casa. Não podia cair uma gota de açúcar no balcão da cozinha que elas começavam a aparecer. Comprei todos os inseticidas possíveis, mas elas voltavam. Lembro que em algum momento da minha recuperação, fiz uma armadilha para aquelas formigas e as vi entrarem no copo cheio de água com as bordas lambuzadas de açúcar. Peguei uma cadeira, e fiquei observando como se os meus olhos fossem uma lupa. As formigas seguiam o seu objetivo de coletar doses de açúcar e levar ao seu formigueiro. Doutor! Paralisei e fiquei admirado: o objetivo das formigas nunca é consumir imediatamente o que estão coletando, mas sim levar para o formigueiro de modo que todos possam compartilhar e crescer. Muitas formigas morreram em suas tentativas, mas várias outras conseguiram percorrer as bordas e voltar. Eu poderia matá-las, mas as deixei seguir os seus caminhos com aqueles pedaços de açúcar cristalizado em suas patas.

Foi naquele momento, doutor, naquele exato minuto enquanto observava o comportamento das formigas, que tive o meu primeiro contato com o Fantasma. A primeira vez que escutei um sussurro. E olha que coisa maluca, veja só: o Fantasma me sussurrou que eu sempre quis ser uma formiga. Fiquei sem entender absolutamente nada, assombrado e pensando nisso por dias e noites. Sem conclusões.

Voltei para a Zeitgeist, e no primeiro dia de retorno pude entender o significado daquele sussurro. Todas aquelas pessoas, que eu conhecia há anos, mal se importaram em saber como foi a minha cirurgia ou a minha recuperação. Por todos aqueles meses, outra pessoa fez o meu trabalho, mostrando que sou totalmente descartável dentro daquela organização. E a verdade era que eu sempre soube disso, pois estava em um ambiente tomado pela competição. Era um querendo puxar o tapete do outro.

Nunca seremos organizados o suficiente para agirmos de modo que todos tenham oportunidades. Também não seremos bons o suficiente para podermos deixar de ganhar para que todos ganhem. De fato, doutor, naquela fração de segundos em que me sentei na cadeira do escritório e olhei para todos ao meu redor, eu queria ser uma formiga. Uma formiga em um formigueiro, que vive cooperativamente e morre com propósito.

Apesar da total segurança e habilidade com que Pedrinho contava a sua história, fiquei intrigado sobre se tudo aquilo era motivo para aquela revolução de pensamento em seu consciente. Digo, obviamente foi uma situação lamentável pela que ele passou. Entretanto, o trabalho é composto de situações lamentáveis. Isso não era motivo. Quer dizer, isso não era motivo suficiente e cabível, já que praticamente todos os trabalhadores passam por situações iguais a esta em suas respectivas ocupações, e nem por isso se revoltam:

– Ô, doutor. Claro que não foi assim que ocorreu. Sou revoltado, mas não sou maluco. Tinha as minhas responsabilidades perante a minha família. Eu era um funcionário especialista, doutor. Ganhava muito bem, tinha uma casa boa para morar. Mesmo sabendo que a Zeitgeist não era o meu lugar, continuei por ali durante um bom tempo.

Você sabe o que um funcionário especialista faz, doutor? Ele é o bombeiro da organização. Onde tem qualquer resquício de fumaça, nós somos chamados a ir. Ou seja, em todos os piores problemas da Zeitgeist, eu sempre fui elencado a resolver. Fazia o papel do faz-tudo, o resolvedor das *uár runs*, o filho da puta que estava sempre disponível para "ajudar" os clientes.

Isso vai nos adoecendo. Toda essa carga de trabalho nos adoece rapidamente. Chega um momento em que alcançamos o nosso limite, e somos diagnosticados com alguma doença. Nos tornamos doentes, oficialmente. Doentes funcionais, por assim dizer. A partir do diagnóstico, informamos para os nossos superiores de tal situação. Os nossos superiores, por sua vez, nos dizem para reduzirmos a nossa carga de trabalho. Diminuirmos as horas extras etc. Como se não fossem eles aqueles que nos convocam a realizar tais atividades extras, não é?

Pois bem. Até tentamos diminuir o ritmo. Mas não dá para diminuir a carga de trabalho de um funcionário especialista. Simplesmente, doutor, pelo motivo de que os problemas não param de surgir. Não há redução de trabalho na área de tecnologia. Sempre há o que ser melhorado. Sempre há mais trabalho a ser feito. Então algumas poucas semanas depois, eu já estava trabalhando intensamente como antes.

Mesmo deprimido, doutor, comecei a trabalhar incessantemente como um garoto. Áquila adorava. Cheguei no meu limite, mais uma vez. Comuniquei a Áquila que me demitiria e que não trabalharia com tecnologia. Sairia por total do ramo, não encostaria mais em nenhum computador na vida.

Claro que Áquila não gostou nada do que ouviu. Mas veja, doutor. Esses megaempresários eles são realmente bons em te convencer a continuar na empresa mesmo que aquilo esteja te matando por dentro. Se você for um funcionário especialista como eu era, então eles realmente se engajam. Te oferecem uma licença não remunerada de seis meses para pensar um pouco no que se está fazendo. Às vezes, doutor, até te dão uma boa remuneração para tirar umas férias no Caribe, fazer aqueles passeios com golfinho, sabe? Com o objetivo de gerar uma compensação, um alívio por todo aquele estresse e pelos danos causados por ele. É como se um potencial acidente vascular cerebral tivesse um preço a ser pago.

E o pior é que a maioria das pessoas retorna. Esses seis meses só servem para te mostrar que esse mesmo trabalho que está te matando por dentro, também te possibilita algumas coisas que você gosta muito. O dinheiro sempre possibilita coisas que gostamos não é, Betim? Pois é.

E eu voltei, doutor. Fiquei seis meses em casa, e sendo pago todos os meses por Áquila. Ele sabia que eu voltaria. Só que retornei "meio doente". É assim que ficamos, já que não há cura para esses males adquiridos durante a vida. É gerado diariamente um exército de funcionários "meio doentes". Sobrevivendo pelos seus salários, e batendo na porta de seus limites mentais.

Ainda fiquei nesse estado terminal por uns quatro meses, com Áquila arrebentando o meu coro enquanto podia. Até que não aguentei mais seguir fingindo que não escutava os meus sussurros. Eu podia mudar de vida, mas só não queria me sacrificar. Escutei a revolta que existia dentro de mim e mandei o Áquila para o inferno.

Não, doutor. Não é essa revolta que você está pensando, e, na verdade, me parece que você não sabe muito bem do que está falando. A minha revolta é um movimento de criação de novos valores. É isso que é, essencialmente, os Revoltados do Fantasma. Aqui em Libéria e no mundo, doutor, tem muito o que ser reparado. Há muita injustiça e temos razão sobre aquilo que reclamamos. Não queremos nada mais do que a aniquilação das injustiças.

Sofrer é individual. Entretanto, lutar contra o sofrimento é coletivo e uma aventura de todos. Foi assim que encontrei os motivos necessários para iniciar este movimento.

Eu era um funcionário especialista, assim como Pedrinho. Sabia sobre o que ele estava falando, principalmente sobre o assunto de estar “meio doente”. Assim como todos, também estava fragmentado, trabalhando pela metade. Lutando contra os meus problemas físicos e mentais. As vozes que rondavam a minha cabeça, e que os meus comprimidos ajudavam a controlar. Será que se tratavam de sussurros?

Quando observei ao redor da padaria, todos prestavam atenção em cada palavra de Pedrinho. Era o líder do grupo e enchia os olhos dos manifestantes de brilho a cada frase proferida. Agia como a referência dos Revoltados, e se gabava que o seu grupo alcançou esse nível de cooperação. Eu ainda não estava convencido da história de Pedrinho, e permanecia sem compreender como os sussurros eram iniciados.

– Mas o que provoca exatamente um sussurro?

– Não sei dizer, doutor.

– Pelo que disse na sua história, parece ter uma relação com o sentimento de frustração, certo?

– Sim, pode ser, é a hipótese que mais gosto. Mas aí que mora o problema.

– Qual problema?

– Não é qualquer frustração que gera um sussurro.

– Não entendi, Pedrinho.

– E nem vai. A frustração que provoca um sussurro é aquela que faz você rever todos os seus valores. Que faz com que você questione o sentido da sua vida.

Anotei essas informações valiosas sobre as manifestações do Fantasma, mesmo que deixassem o caso ainda mais complexo. Pedrinho seguiu falando:

– Veja, doutor. Já vi inúmeros relatos e todos se diferem sob algum aspecto. Isso é muito particular. Tem gente que diz que foi numa tarde de domingo vendo aqueles programas de auditório insuportáveis. Outros dizem que foi no leito do hospital, à beira da morte.

– Se o sussurro é provocado por um profundo questionamento sobre a vida, então posso concluir que teria alguma relação com os suicídios ocorridos?

– Sim, não há dúvidas. Nem todos estão preparados para isso, doutor. Pode ser forte demais para muitos.

– Sei.

Seguia anotando as colocações de Pedrinho, fazendo com que a investigação se encaminhasse para lados ainda mais misteriosos. Ora, como eu poderia encontrar esse Fantasma? Se a verdadeira frustração é involuntária, e o Fantasma se manifesta por meio desse sentimento, o que poderia ser feito?

– Digo diariamente para os meus companheiros. O Fantasma te encontrará, e não o contrário.

– Espero que o encontre antes. Mas me diga uma coisa, Pedrinho: já conversei com algumas pessoas que dizem que não foram afetadas pelo Fantasma. O que você diz sobre isso?

– É verdade.

– Verdade?

– Isso. Estes que não foram afetados pelo Fantasma são aqueles que são idiotas demais para questionarem a própria vida. Estão muito cheios de si para isso acontecer. Mas uma coisa eu lhe digo, doutor. Mais cedo ou mais tarde, todos encontram o Fantasma. Todos, sem exceção. Mesmo que seja em seus últimos minutos de vida.

Enquanto conversávamos, passei os olhos em uma bandeira do movimento que mencionava os seus fundadores: Pedro Campos e Henrique Caco. Fiquei curioso sobre o outro fundador, e onde ele estaria naquele momento:

– Você quer saber do Caquinho? Ele é incrível. Infelizmente teve de deixar o movimento.

– Por qual motivo?

– Problemas familiares. O pai dele está mal das pernas e ele foi cuidar do velho. Parece que está nas últimas.

– Certo.

– Eles moram na Zona Morta.

Zona Morta era a localização da cidade no qual as tecnologias não chegavam. Tratava-se de uma série de residências acinzentadas, com moradores que prestavam serviços entre si. Inicialmente não demonstrei interesse na Zona Morta, pois nenhum suicídio foi noticiado naquela região.

Me intrigava a convicção com que Pedrinho falava, tudo estava na ponta da língua. Articulado, com boa oratória e sorridente até demais. Se levantou, e foi embora dizendo algo sem o menor cabimento:

– Você ainda será grandioso para a nossa causa, doutor.

Pedrinho abriu novamente um largo sorriso quando chegou na porta da padaria, e fiquei ainda mais incomodado. Seu jeito otimista me causava um desconforto absoluto. Eu estava possivelmente na presença de mais um charlatão dos bons. Não posso negar que as suas informações foram valiosas, principalmente no detalhamento de como o Fantasma se manifestava. Pedrinho não tinha informações acerca do boato do homem que viu o Fantasma, então segui a minha busca. Encontrar esse homem era fundamental na minha investigação.

Pedrinho voltou para as manifestações na porta da Zeitgeist, enquanto entrei novamente na empresa para falar com o Áquila. Caio continuava a me ignorar e a trabalhar de forma frenética. Ele também era um "funcionário-bombeiro", assim como Pedrinho descreveu. Até que, surpreendentemente, combinamos de jantar em sua casa naquela mesma noite para conversarmos com mais tranquilidade. Segundo ele, sua casa estava a dez minutos andando da Zeitgeist. Possivelmente, era próximo ao meu hotel. Achei estranho o convite, sendo que o conhecia há poucas horas. Não seria o primeiro e nem o último comportamento estranho que notaria nos cidadãos daquela cidade.

Áquila estava atrás de mim. Caio disse que ele ficou incomodado com o fato de eu ter almoçado fora da Zeitgeist, e sumido por algumas horas. Vejam só! Se achou no direito de ficar irritado, sendo que ainda estava digerindo o fato de ficar sem comunicação externa pelos próximos cinco dias. Quando dei as caras, ele fingiu que não estava me procurando. Abriu um sorriso tirado do bolso e pediu para irmos à sua sala:

– Já descobriu quem é esse tal de Fantasma?

Mal tinha completado vinte e quatro horas na cidade de Libéria, e já estava sendo cobrado. Era capaz do zé ruela me dar um quarto na Zeitgeist para dormir e ficar de olho nos meus mínimos movimentos:

– Recolhi algumas informações, entendendo como o Fantasma se manifesta. A investigação está em andamento.

Disse em tom sem graça e com uma raiva reprimida que provavelmente só sairia da minha corrente sanguínea na semana seguinte. Perguntei qualquer coisa sobre a investigação, de modo que ele não tivesse oportunidade de me sufocar com perguntas.

– Você já ouviu algum sussurro do Fantasma?
– Claro que não. O que sei sobre esse Fantasma é que o Pedrinho está envolvido.

Áquila estava convencido de que o Fantasma não passava de uma armação, de que fosse alguma seita progressista. Aproveitei a menção ao Pedrinho, e perguntei se as suas reivindicações eram verdadeiras. A resposta foi de que se tratava de uma vagabundagem de Pedrinho e sua turma. Para ele, Pedrinho não soube enxergar as grandes vantagens que a Zeitgeist oferecia quando o mesmo era funcionário. Disse que as alegações de Pedrinho eram falsas. Falou sobre os excelentes benefícios da Zeitgeist, com plano de saúde *premium*, desconto em academias e etc. Exalou ainda mais grosserias, finalizando:

– O chorão do Pedrinho ficava reclamando de barriga cheia, e agora inventou essa merda desse Fantasma.

Áquila sugeriu que o Pedrinho soubesse quem era o Fantasma, e que ambos eram cúmplices em todo o caos criado na cidade. Me despedi e fiquei perambulando entre os corredores do escritório, falando com todos, mas sem receber nenhum retorno que julgasse satisfatório. O foco era descobrir o homem que viu o Fantasma e continuei sendo ignorado. Os funcionários pareciam clones do Caio e não me davam importância. Ou talvez tenham sido orientados a não dar.

Uma vez ou outra, cruzava os olhos com aqueles homens que agiam maquinalmente, nos corredores pálidos e sem vida, como todos os apetrechos eletrônicos que nos rodeavam. Todos cansados, com olheiras e silhuetas curvadas. Cansados demais para falar comigo. Cansados demais para pensar em outra coisa a não ser trabalho. Cansados demais para serem pessoas melhores. Cansados demais para se importar com os outros. Totalmente *burnoutados* e cansados demais para deixarem a posição de cansaço em que foram inseridos pela estrutura montada por Áquila.

SEGUNDA-FEIRA À NOITE – DIA 02

Me retirei do escritório da Zeitgeist com a necessidade de recuperar o ar perdido em meus pulmões, e quem sabe conversar com mais alguém. As luzes solares se escafederam, com o céu envolto de nuvens carregadas, mas sem previsão de chuva. Os postes de luz acenderam, as ruas começaram a ficar preenchidas de alguns vendedores que esperavam pela tradicional movimentação noturna que ocorria na cidade.

Parei de prestar atenção na entrada da Zeitgeist por alguns minutos, e vi Caio indo embora sem me avisar. Sua gravata azul bebê era inconfundível. Tive que correr para alcançá-lo, atividade que não praticava há séculos. Não poderia perder aquele jantar, estava interessado no que Caio poderia me dizer sobre Áquila, Pedrinho, Fantasma e o suposto homem que viu a assombração. Caio estava tão atordoado que tinha até esquecido do nosso combinado. Justificou a perturbação com o fato de que ainda tinha muito trabalho a ser feito em casa:

– Vamos Dr. Roberto, depressa. A minha esposa já deve estar nos esperando.

Caio tinha um andar apressado, de modo que simplesmente não conseguimos trocar uma palavra sequer enquanto andávamos. Poderia até sugerir que estávamos fugindo de algo. O desejo de Caio era grande de chegar em casa e ele quase me deixou para trás. Me disse que não dormia em casa há dez dias, utilizando o quarto do prédio da Zeitgeist. Imaginei que a pressa era oriunda da saudade dos seus familiares.

De fato, não demorou muito para que chegássemos até a sua residência,. Subimos para o andar onde morava, e parecia que o jantar já estava pronto, pois dava para sentir o cheiro de fora do apartamento. Assim que entramos, dois pratos estavam postos na mesa. Espaguete com almôndegas, que aparentava estar delicioso. Só notei a fome que estava quando vi aquela porção de massa e carne na minha frente. A esposa de Caio, Fabiana, estava na pia da cozinha, lavando o seu prato. Ela já tinha terminado a sua refeição antes de chegarmos. Veio em minha direção com um pano de prato pendurado nos ombros, as mãos molhadas e enrugadas pela água:

– Me desculpe, o Caio não avisou que teríamos visita. Se não teria jantado com vocês. Sou Fabiana, muito prazer.

– Sem problemas, Fabiana, muito prazer, sou o Doutor Roberto Antunes. E a propósito, obrigado pelo espaguete, está com uma cara ótima.

– Fique à vontade. Se precisarem, estou na cozinha.

Fabiana retornou para a cozinha. O filho deles, Igor, estava no sofá jogando videogame e totalmente imerso:

– Igor, diz oi para o tio – disse Caio, em tom frustrado.

– Oi, tio – respondeu Igor, com a sua atenção voltada para a tela do videogame.

– Para de jogar um pouco esse videogame e vem comer, moleque.

– Já jantei com a mãe.

Caio pegou o seu prato e foi até a varanda. Me chamou em seguida, para comermos por lá, olhando para a rua.

– Vai beber o quê? Aceita um vinho?

– Obrigado Caio, um copo de água me serve.

– Você quem sabe. Ô Fabiana, faz favor, faz. Para mim você já sabe, e para o meu amigo aqui um copo de água.

Fabiana trouxe uma taça de vinho para Caio e um copo de água para mim, com um olhar de raiva direcionado para o seu marido. Evidentemente, estavam passando por um momento conturbado no relacionamento, possivelmente com muitas brigas. Era possível notar que Fabiana não gostava de se sujeitar a esse papel subserviente.

Voltou para a cozinha, e começamos a comer o espaguete. Caio me olhava enquanto enrolava o espaguete no garfo, percebendo que eu estava esperando as informações que ele tinha sobre o Fantasma. É bem verdade que não estava atrás de uma boca-livre naquela noite. Tinha foco total na investigação, tempo curto, como vocês já sabem:

– Sim.

– Sim o quê?

– Sim, eu já tive contato com o Fantasma. Ou como dizem por aí, já escutei os seus sussurros.

Caio dizia se lambuzando de molho de tomate, olhando para a rua, e em momento algum olhando em meus olhos.

– Certo. Escutei sobre os sussurros, falei com alguns cidadãos que já presenciaram esse fenômeno. Estou ansioso para saber a sua opinião sobre o que tem acontecido.

Explanei de maneira mais formal possível, indicando seriedade no meu tom de voz e nas palavras utilizadas para progredir na conversa com Caio. Pela primeira vez enquanto estávamos na varanda, ele deixou de olhar para os pedestres na rua e inclinou brevemente a cabeça para que pudesse me olhar fixamente. Seus olhos ficaram marejados, e aquele marejo formou um espelho em seu globo ocular. Por alguns segundos, pude enxergar a mim mesmo. Caio sorriu para mim de uma forma bastante peculiar. Era um sorriso de alívio, como se ele estivesse esperando por aquela conversa:

– O Fantasma sempre esteve povoando os corpos e mentes dos cidadãos de Libéria. Desde que as ruas de terra eram predominantes neste pedaço de território brasileiro. Lembro-me com exatidão da primeira vez que escutei sobre o Fantasma estar sussurrando no ouvido de alguém.

Foi em um dia qualquer do ano de 2021. Meu pai era um homem rígido e autoritário, que torturava psicologicamente a mim e a minha mãe. Ele estabelecia uma espécie de toque de recolher para nós: tínhamos que estar em casa às dezoito horas. Ele chegava às dezoito e trinta, e se faltasse alguém em casa, o bicho pegava.

Eu, adolescente de dezessete anos, passava o dia fora, jogando bola e fazendo besteira com a molecada que morava no bairro. Mas não dava bobeira, não! Corria para casa umas quinze para as dezoito. Porém, naquele dia em específico, eu perdi a noção do tempo. Não me lembro exatamente o motivo. Talvez pelo fato de o dia ter escurecido um pouco mais tarde do que o habitual, e por termos nos empolgado jogando conversa fora sobre quando seríamos vacinados.

Utilizei todos os meus atributos atléticos para chegar o mais rápido no portão de casa. Perdi o chinelo no caminho, e cheguei todo cagado de suor. Eram quarenta e cinco minutos de atraso, e meu pai já tinha chegado fazia quinze minutos. Esperava que estivesse me aguardando com os punhos e dentes cerrados, imaginando a surra histórica que iria aplicar. Mas não, o coroa pegou uma cadeira de praia e se sentou no quintal, olhando para a rua. Quando cheguei no portão, dei de cara com ele e quase tive um troço.

Fiquei travado de medo e comecei a chorar copiosamente. Meu pai me olhou, abriu um sorriso complacente e pediu para entrar em casa com uma educação que nunca tinha presenciado. Fui direto para o quarto, sem saber exatamente o que fazer. Minha mãe veio em minha direção e disse que meu pai estava mudado nos últimos dias. Alegava escutar sussurros de uma voz misteriosa.

Meu pai passou meses sem dizer uma palavra sequer, chegando do trabalho e sentando em sua cadeira de praia. Ficava vendo as pessoas passarem pela rua, sem esboçar qualquer reação. Era como se fosse uma despedida do mundo. Pelo menos, eu sentia isso, sabe doutor? Até que, no dia do seu aniversário daquele ano, tirou a própria a vida.

– Meus sentimentos pela sua perda, Caio.

Caio sorriu de forma irônica, como se as minhas condolências não fossem necessárias. Deu umas três garfadas no espaguete, e o deixou de lado enquanto observava as pessoas pela rua. Pela história contada, identifiquei imediatamente semelhanças de Caio com o seu falecido pai. Caio também passava as suas noites olhando para a rua. A cadeira não era de praia, mas sim uma poltrona. O quintal foi substituído por uma varanda *gourmet* de apartamento. Caio sorriu mais uma vez, e prosseguiu:

– Jurei no túmulo do meu pai que seria um homem diferente do que ele foi. Tinha dezessete anos, e vivia o auge da rebeldia. Não parecia difícil ser cuidadoso, amoroso e respeitoso com os outros. O meu objetivo era ser o oposto do meu pai. Meu propósito de vida no início da minha fase adulta. E eu queria muito ser esse cara, sabe? Gente fina, bem-sucedido, com vários amigos e admirado por todos.

Todo o jovem desta cidade sempre soube que para ter sucesso, era preciso trabalhar na Zeitgeist. Esse objetivo me consumiu durante toda a minha estadia na universidade, de modo que recusei diversas oportunidades de estágio à espera pela chance de trabalhar na maior empresa da cidade.

Até que em meados de 2026, tive a minha tão esperada chance. Vinte e três anos na época, cheio de energia e vontade de crescer. Não demorou para que eu fosse efetivado como analista, e colocasse cem por cento do meu foco e comprometimento no meu trabalho. Naquele trecho da minha vida, já tinha até esquecido por completo do meu propósito original de não ser uma cópia do que meu pai um dia foi. Para ser sincero, julgava que já tinha superado esse objetivo. Um analista da Zeitgeist jamais se tornaria um homem tão inescrupuloso como o meu falecido progenitor. Não é mesmo, doutor?

A Zeitgeist até foi reconhecida como empresa modelo em assuntos de diversidade, equidade de gênero etc. Toda semana rolava e-mail corporativo sobre esses temas, informando a respeito de palestras virtuais sobre os assuntos e encorajando os funcionários a participar. Meus olhos brilhavam, doutor. Dizia para mim mesmo que estava no lugar certo.

Me casei com a Fabiana, tivemos o Igor e tinha a sensação de que seria o homem mais feliz do mundo. Mas não foi como esperava. Ainda estava insatisfeito, procurando por algo que ainda não tinha nome e que não sabia nem ao menos descrever o que era. Foi nesse trecho da minha vida que o Fantasma começou a me rondar e estar presente em meus pensamentos. E esses sussurros têm se modificado com o tempo. Estão mais agressivos. Mais hostis. Me dizem para fazer aquilo que sei que não é correto.

Recordo-me da sensação que precedeu os meus primeiros sussurros do Fantasma. Uma náusea que nunca mais tive na mesma intensidade daquele dia, e um leve arrepio no braço esquerdo. Foi em um almoço qualquer com os meus companheiros de trabalho, em que todos comentavam ironicamente as ações de diversidade da Zeitgeist, e diziam que deletavam imediatamente esses e-mails. Soltei uma piada misógina, e todos os presentes naquela mesa riram com bastante vontade. Era a piada preferida do meu pai, doutor! A piada machista que ele mais fazia em casa.

Como era ingênuo! Pensava eu que precisaria me esforçar para me tornar uma pessoa como o meu pai. Estava errado. Sutilmente, foi introduzido em mim toda aquela imbecilidade de que meu pai era feito. Demorei muito tempo para perceber que o mundo era formado por imbecis. Quando caí na real, eu já era um homem que trabalhava doze horas por dia, mal sabia que tipo de pessoa era o meu filho de dez anos, e tornava a minha esposa subserviente a mim.

Sim. Foi a partir desse momento que os sussurros se tornaram frequentes. E tem deixado de ser sobre essas questões que acabamos de conversar. Os sussurros têm sido menos sobre mim, e mais sobre o impacto que tenho causado nos outros. Digo, têm sido sobre a forma que as minhas ações também adoecem os outros e abrem caminho para o Fantasma fazer estragos.

Passo o fim dos meus dias na varanda, sentado nessa poltrona confortável e olhando para a rua como se algo bom fosse surgir inesperadamente. Assim como o meu pai, doutor. Assim como o meu pai!

Confesso que escondi uma informação até este ponto da história. Meu pai também era alcoólatra, e morreu de câncer de esôfago. Ele era um viciado em trabalho, e dizia que continuaria dessa forma até acabar a sua saúde. Ela acabou quando ele tinha quarenta anos de idade. Tinha treze anos, na época.

Obviamente, fiz um paralelo entre a minha vida e a de Caio. Terminamos como os nossos pais. Não sei se o meu pai também tinha o desejo de mudar o mundo, mas gosto de uma birita como ele gostava. Esperava ao menos morrer tardiamente, com uns setenta anos. Mas a gente nunca sabe o quanto de areia já desceu da nossa ampola vital.

Aproveitei o momento para questioná-lo sobre a sua rotina de trabalho e também sobre o discurso empregado pelo Áquila durante a reunião na Zeitgeist, ocorrida no primeiro horário do dia. Queria saber se o discurso do Pedrinho Revoltado era de fato compatível com o que ocorria dentro da empresa:

– Resenha. Caô. Conversa para boi dormir. Mentira das brabas. Chame como quiser. Mas nada daquilo é real. Áquila faz esse jogo de cena, muito bem, a propósito. Oferece benefícios dos quais ninguém consegue participar. Sessões de bem-star no meio da manhã, *short friday* que ninguém consegue utilizar.

Isso é estratégico. Eles oferecem programas de benefício que não serão utilizados pela grande maioria dos funcionários, dessa forma transferindo as responsabilidades para os mesmos, caso algo ruim aconteça. Foi isso o que o Áquila fez e naquela reunião utilizou desse tipo de argumentação para se eximir de culpa com a situação do Fantasma.

Você viu como é o meu dia a dia, certo? Resolvendo bucha o tempo inteiro. Caótico. A gestão do tempo é passada para o funcionário. Como é que eu vou fazer a sessão de *mindfulness* às nove horas da manhã se estou fazendo um trabalho que deveria ser feito por três pessoas? Estou extenuado, doutor!"

Caio estava com olheiras e delirava de cansaço. Seguia argumentando que Áquila era um dos responsáveis pelo aumento dos casos de pessoas impactadas pelo Fantasma. Entretanto, eu não conseguia encontrar relações do ambiente de trabalho da Zeitgeist com os sussurros relatados:

– Doutor, veja bem. Vou te contar uma historinha. Há alguns anos, um dos clientes estratégicos da Zeitgeist estava vivendo uma suposta crise. Foi carteirada atrás de carteirada. Tudo tinha virado prioridade. Cinco ou seis projetos, que deveriam durar anos, foram cobrados para que fossem entregues em meses. Sem maiores explicações. Áquila, naturalmente, atendia a todos os pedidos desse tal cliente. Tratava-se de uma grande empresa do ramo dos serviços essenciais. Ou seja, tinha dinheiro até para queimar, se fosse preciso. No fim, essa era a única coisa que importava para Áquila. Dinheiro.

Para atender os pedidos de Áquila, a equipe foi moída mentalmente pela grande sobrecarga de trabalho. Durante esses meses, inúmeros funcionários da minha equipe foram afetados pelo Fantasma. Alguns se suicidaram. Outros não se mataram, mas com certeza desejaram ter morrido.

Por quê? Vários funcionários foram afastados com crise de pânico. A mente deles não aguentou ao fato de que mesmo com as mortes recentes na equipe, ainda éramos cobrados para seguir com as entregas no prazo estabelecido. Era uma tragédia que estava sendo ignorada. Era demais para mim e os funcionários da minha equipe.

É por esse motivo que o Áquila está tão interessado em desmentir a existência do Fantasma. Ele sempre soube de sua existência, mas nunca foi associado ao mesmo. O Pedrinho Revoltado fez com que ele tivesse que reagir sobre o assunto. Você é a resposta dele para o Pedrinho Revoltado, de certa maneira.

Caio argumentava que o trabalho excessivo gerado pelas grandes corporações modificava o comportamento do Fantasma e deixava as pessoas mais suscetíveis a ele. Era como se os trabalhos do Fantasma ficassem mais agressivos à medida que a forma como nos relacionamos se afasta do exercício pleno da cidadania:

– Olha, doutor. Eu só estou dizendo que não me tornei um idiota à toa. A idiotice é estimulada, e os precursores da idiotice estão nos ambientes corporativos. Eu chamo gentilmente de "catequese dos idiotas".

Ora, não percebe? Você, melhor do que eu, sabe que desde antes da pandemia de covid-19, nós temos em nossa sociedade idiotas letrados. As pesquisas mostraram ao longo do tempo de que os negacionistas eram, em sua maioria, pessoas com ensino superior. Convenhamos, doutor, não foram as universidades que ensinaram essas pessoas a terem ideias fascistas. Claro que não.

Foi outro lugar. Um tal ambiente que passamos no mínimo oito horas por dia, aprendendo a adquirir o tal dos *soft skills*. Pense comigo: para onde esses valores e habilidades adquiridas estão nos levando como cidadãos? Nos tornamos pessoas melhores ou apenas funcionários melhores?

Você pode se questionar sobre como as pessoas têm ignorado todas as mortes ocorridas nesta cidade. Para mim, soa até óbvio para responder. A gente aprende a ignorar muitas coisas na Zeitgeist, doutor. Se importar com o bem-estar das outras pessoas é uma delas. Algo que para mim é claro: quanto mais idiotas temos na sociedade, mais o Fantasma apronta das suas. Talvez seja pelo sofrimento que os idiotas nos causam. Não sei. Existia uma época em que os idiotas sentiam vergonha de serem idiotas. Hoje, eles não só são idiotas, como dizem que estão em busca liberdade de expressão.

Caio disse a última frase rindo e tossindo. Terminou a gargalhada com uma expressão de frustração, como se na verdade a piada não tivesse graça. Pediu a garrafa de vinho para Fabiana, colocou o prato de espaguete debaixo da poltrona e continuou a beber. Informações interessantes foram adicionadas naquela conversa, como por exemplo a sensação que indica que você está próximo de ser "sussurrado" pelo Fantasma. Náuseas e arrepios no braço. Mas nada sobre o suposto homem que viu o Fantasma:

– Como é, doutor? Alguém já viu o Fantasma?

– É a história que tenho escutado. Imagino que encontrar essa pessoa seja a minha melhor chance para desvendar este mistério.

– Nunca ouvi falar sobre isso. Olha, se alguém já viu o Fantasma por aqui, com certeza é o Sr. Osmar, dono do asilo da cidade.

– Asilo da cidade? Onde fica?

– Um pouco antes da Zona Morta. Chama-se "Nossas Relíquias".

A próxima pista era o asilo "Nossas Relíquias", que parecia ser um lugar onde as minhas investigações poderiam avançar. Lá possivelmente residiam os munícipes mais antigos, cientes desde o início do evento fantasmagórico. Finalizei o espaguete, e percebi que tinha manchado a minha camiseta de molho de tomate. E era uma baita de uma mancha.

Peguei o meu prato e levei para Fabiana, que ainda estava na cozinha. Me perguntou se gostaria de comer mais um pouco, respondi que estava satisfeito, além de já estar de saída. Antes de sair, ainda a ajudei a secar a louça que já estava no escorredor. Percebi que Fabiana ficou desconfortável. E naqueles poucos segundos entre a cozinha e a porta do apartamento, fiquei me questionando por que diabos tinha feito aquilo. Talvez pelo costume. Na casa da minha mãe, ninguém lavava louça sozinho.

Igor permaneceu jogando videogame, com os olhos petrificados como se tivesse visto a medusa. Com barulhos de tiros virtuais e louças batendo na pia, Caio permanecia na varanda. Sem se movimentar e esboçar qualquer reação, nem ao menos para me cumprimentar ao sair de sua casa. Quando disse que ia embora, fez uma joinha seguido de um *hang loose*.

– Doutor?

– Fala, Caio.

– Boa sorte com o Fantasma.

– Obrigado, Caio.

Caio proferiu aquelas palavras com o sorriso sarcástico que esteve impresso em sua face durante toda aquela noite. Segui em direção à porta de seu apartamento, como se nunca tivesse pisado naqueles cento e quarenta e oito metros quadrados. Cheguei no térreo e fiquei com a sensação de que eu deveria voltar e falar novamente com Caio. Ele não me parecia bem. Sai andando pelo hall de entrada, até que escutei um barulho estrondoso a metros da entrada do condomínio. Aquele som ensurdecedor me remetia a um momento da minha infância, quando o botijão de gás tinha explodido no boteco do seu Joaquim. Era uma segunda-feira, dia em que aquela pocilga não abria as portas. Por sinal, nunca entendi o motivo de ele não abrir o seu estabelecimento todos os dias da semana. Não faltavam bebidas e pinguços. Botijão explodiu a poucos metros de onde eu e a molecada estávamos jogando bola. Na época, seu Joaquim ficou fazendo piada com todos aqueles seres de pé inchado, de que se a explosão fosse em outro dia, todos ali ficariam queimadinhos igual a mim. Velho infeliz. Até na desgraça e destruição do seu botequim, ele permanecia fazendo piadas raciais.

Dessa vez não tinha sido um botijão de gás o motivo do barulho ensurdecedor. Alguém tinha se jogado da varanda e cometido suicídio. A rua estava lotada, e as pessoas continuavam a andar como se nada tivesse acontecido. O crânio se rompeu ao meio, e o sangue jorrou nos tênis e canelas daqueles que passavam pela calçada naquele momento. A reação foi o contrário do que esperava: não ocorreu espanto, pavor ou incredulidade pelo ocorrido. Risadas eram jogadas ao vento, alguns olhares de nojo, enquanto outros se aproximavam com o único intuito de ver se o defunto não era algum conhecido. É bem verdade que alguns olhavam com medo para o cadáver, e talvez imaginassem que poderiam ser os próximos.

O líquido cerebral escorria pela calçada. Em estado de choque, saí correndo em direção ao corpo, com o celular no ouvido e entrando em contato com a emergência. Eu era o único ser vivo naquela cidade que estava aterrorizado com a situação, o que tornava aquele momento ainda mais estranho. Quando me aproximei do corpo, vi que era Caio. Esse mesmo, que tinha acabado de jantar um espaguete com almôndegas. Fiquei ainda mais desesperado. Inexplicavelmente, dei dois tapas na cara de Caio pedindo que ele reagisse. Sua cabeça estava aberta pelo impacto, e a cada vez que a movimentava, mais líquido cerebral escorria pelo asfalto. O molho de tomate que manchou a minha gravata sumiu com o banho de sangue que todo o meu figurino tinha recebido.

Corri desesperadamente de volta para o prédio. Meu corpo estava encharcado de sangue, parecendo estar fantasiado para o Halloween. Era incrível como ninguém demonstrava pavor ao me olhar. Na verdade, não me olhavam. A rua estava cheia e trombei com algumas pessoas, sujei-as de sangue, mas nenhuma delas se importou. Cheguei ao apartamento de Caio e fui recebido por Fabiana:

– O que aconteceu, doutor? Voltou para falar com o Caio?

Estava ofegante e não consegui dizer uma palavra. Olhava para Fabiana com olhos embargados e me lamentava. Fabiana percebeu de imediato o que estava acontecendo. Virou o seu tronco, e vimos a cadeira onde Caio passou a noite vazia. Em cima da mesa, estava a garrafa de vinho ainda pela metade, e uma carta escrita à mão. Fabiana correu para varanda gritando o nome de Caio, e ao chegar na sacada e se deparar com a tragédia, começou a chorar. Igor retirou os seus fones de ouvido lentamente, pausou o seu jogo de videogame, e foi consolar a sua mãe com uma calma que poucas vezes vi em um jovem daquela idade. Eles não escutaram o barulho da queda do Caio, e nem perceberam que ele não estava mais na varanda. Fabiana, de fone de ouvido, escutava as suas músicas preferidas enquanto terminava de arrumar a cozinha. Igor, focado no videogame e com os ouvidos tampados, estava praticamente dentro da tela. Cada um no seu mundo, enquanto Caio desistia do dele.

Descemos correndo pelas escadas, quase tropeçando entre os degraus. Fabiana e Igor corriam para ver Caio. Eu corria para estar ao lado deles. Quando chegamos, os bombeiros tinham acabado de chegar ao local. Os pedestres continuavam a andar como se nada tivesse acontecido. Fabiana viu Caio sem vida e estatelado no chão, começou a chorar copiosamente, tampando os olhos de Igor para não presenciar aquela cena.

As lágrimas pulavam dos olhos de Fabiana, e ela passou a olhar para mim, como se dissesse para que eu fizesse algo com aquela situação. Para que Igor não precisasse ver o corpo do seu pai naquele estado. Fabiana não conseguiria tampar os olhos de Igor por muito tempo. Em sinal de respeito, os bombeiros ficaram distantes por aqueles breves segundos. Após o sinal da Fabiana, olhei para aqueles dois homens e fiz um gesto para que eles se apressarem com o que tinham que fazer. Era tudo o que eles estavam esperando, e o corpo de Caio foi colocado na maca rapidamente.

Não demorou mais do que cinco minutos para que o corpo fosse retirado. A rua foi ficando cada vez mais cheia, e os pedestres continuavam a não se importar com o ocorrido. Desviavam da mancha de sangue, e seguiam os seus rumos. Balões infláveis de todas as cores, barracas de cachorro-quente e algodão-doce por todos os lados com movimentação intensa típica de um sábado à noite, mas estávamos em uma segunda-feira.

Desde a pandemia, a minha percepção era que o desprezo pela vida tinha se tornado corriqueiro. As pessoas já desprezavam a vida dos outros antes dos eventos pandêmicos, é claro. Mas foi naqueles anos que a minha ficha caiu. Não sei o motivo da minha surpresa quando isso era evidenciado diante dos meus olhos. Ano após ano, a conclusão se mantinha: nada mudou. Continuamos a ser tão péssimos como sempre fomos. Chega a ser engraçado. Às vezes, quando estamos com raiva de alguém que teve uma atitude irracional, o chamamos de "neandertal". Dizemos que aquela atitude foi relativamente igual a de um ser pré-histórico. Sabe do que estou falando, certo? Aqueles hominídeos pré-históricos que nos antecederam e não tinham raciocínio lógico? Preciso defendê-los. Não há registro de que a comunidade neandertal tenha cometido catástrofes semelhantes àquelas que fazemos diariamente. Em tese, somos a espécie mais evoluída. Ora, que espécie ordinária. Peço desculpas aos neandertais por essas comparações descabidas.

O corpo de Caio foi levado pela emergência. Peguei o contato telefônico da Fabiana, coisa que não fazia há anos com um desconhecido. A situação exigia, precisava ser solidário e me prontifiquei para qualquer ajuda que Fabiana precisasse. Os familiares de Caio e Fabiana chegaram até o local, e, estranhamente, foram tão protocolares com a situação quanto os bombeiros que estavam no ofício do seu dever. Continuei incrédulo. Não esperava que mexesse tanto com as minhas emoções. Me despedi de Fabiana e Igor, e disse mais uma vez para ela entrar em contato para o que fosse necessário.

Andando de volta para o hotel, aquela sensação angustiante voltava a estar presente. Todas aquelas cores fortes que fantasiavam a cidade deixavam os meus olhos irritados. Os bares a todo vapor, e o barulho de todo esse frenesi parecia que nunca iria acabar. Fiquei enojado e com vontade de largar a sobriedade com a dose de bebida alcoólica mais vagabunda que encontrasse por aí. Inevitavelmente, me lembrei do frigobar do quarto de hotel, lotado de bebidas que deixavam minha boca cheia d'água só de lembrar do cheiro.

Chegando ao hotel, os seguranças Rufus e Antônio pareciam animados em me ver chegar. Não sabia o motivo. Inclusive, o rosto de Rufus me soava familiar, como se tivesse o visto almoçando na padaria "Sem Pressa" naquele dia mais cedo. Mas não tinha essa certeza. Miguel, o recepcionista, me aguardava com um sorriso dissimulado que só ele poderia fazer. Tinha algo de errado nele. Devido a minha profissão, a vasta experiência que eu tinha em hotéis me apontava que Miguel não poderia ser um recepcionista.

Não dei atenção ao que ele disse, e fui apertando o botão do elevador como se estivesse jogando "Tekkin of Fighter" no fliperama do boteco do Seu Joaquim. Miguel percebeu a minha aflição e as manchas de sangue no paletó. Olhou para mim e digitou algo em seu celular. Dava a entender que estava me vigiando ou acionando a polícia. Meu raciocínio não estava adequado no momento, e poderia estar delirando, é claro.

Toda aquela ocasião me fez relembrar de situações que guardava em lugares obscuros da minha mente. As lembranças em relação ao meu pai me deixaram desconfortável.

Já no quarto de hotel, iluminei o ambiente com a luz do frigobar e peguei uma garrafa de duzentos e cinquenta ml de uísque. Deixei-a sobre a mesa, e fiquei observando. Rompi o lacre como se fosse a última garrafa de água do deserto, e fiquei encarando mais uma vez, torcendo para que a minha mente desistisse da ideia de ingerir aquela pequena quantidade de uísque em poucos segundos. O desejo de entorpecimento foi aflorado pelo suicídio de Caio e fez com a minha sobriedade ficasse por um fio. Ou melhor, por um gole.

Todo alcoólatra tem as suas artimanhas para não ter uma recaída. A minha era escrever. Escrever até que a vontade passasse. Comecei a redigir as anotações diárias da investigação, e dei início ao dossiê do Fantasma, que seria o documento final e resultado dos cinco dias que ficaria pela cidade. Mas não adiantou, minha cabeça continuou fixada na dita cuja. Os devaneios literários suficientes não aliviavam aquela vontade.

Me veio a recordação do momento que constatei o vício em bebida. Ficava ansioso pela sensação de estar bêbado. Ou seja, ficava ansioso para que as noites chegassem. Os dias passaram a me entediar. Comecei a desejar e imaginar os meus pés leves, como se estivesse pisando em nuvens. Flutuando ao lado de Goku. Me recordei do que fazia na época para entreter a minha mente e não beber até morrer. Escrevia poemas, contos, ideias para livros. Tudo que não tinha relação com a investigação.

A escrita fazia com que eu criasse outra vida. Uma vida que não era minha. Sempre me interessei por utopias. Me parecia que a salvação da humanidade estava em uma utopia, em algo que ainda não existe. Tudo que já era existente me soava corrosivo e destrutivo. Talvez esse seja mais um motivo para ter me tornado investigador: encontrar algo que possa nos salvar.

O sono finalmente veio, e venci mais aquele dia. Dormi no sofá do quarto do hotel, com um lápis na mão, de calça social e sem escovar os dentes. Passava a temer, depois de muito tempo, voltar a escutar aquelas vozes. Talvez a barreira de suporte que os meus remédios me davam finalmente seria rompida. Talvez eu tivesse chegado ao meu limite.

TERÇA-FEIRA – DIA 03

Acordei atrasado, com saliva em minha gravata suja de sangue e dores de cabeça. Tive pesadelos com Caio. Costumava suar frio durante as noites, mesmo quando não tinha uma noite agitada de sono. Estava ensopado de suor. Quando abri os olhos, retirei rapidamente a roupa e a joguei na lata de lixo. Até a cueca foi para o saco. Não queria ter nada referente àquele dia. Na tela do celular, uma mensagem. Fiquei curioso para saber de quem se tratava, já que não poderia ser contatado por ninguém de fora de Libéria. Tratava-se de Fabiana, informando o horário e o local do velório de Caio. Faltavam duas horas, ainda tinha um certo tempo para me organizar.

Coloquei a roupa apropriada para a ocasião, mas as minhas sempre eram propícias para um velório: paletó preto e calças pretas. Os raios solares levantavam a poeira daquele quarto, e me perguntava onde estavam as camareiras daquele lugar durante aqueles dias.

Na mensagem enviada por Fabiana, existia um link direcionando para uma espécie de site. Não me interessei, imaginei que a mensagem estivesse errada ou que aquilo não tinha relevância alguma. Não utilizei o elevador naquela manhã. Meu joelho fazia estalos, desci pelas escadas, e funcionou como passar óleo em uma ferramenta que está travando por falta de uso. Tomei o meu café rapidamente, com o Miguel sempre de olho em meus movimentos. Rufus e Antônio continuavam na frente do hotel, no QAP, como diriam.

Gostava de andar, mas os cinco quilômetros que separavam o hotel do cemitério eram demais para os meus joelhos. Além do mais, o dia ensolarado não permitia grandes andanças por aí, por mais que eu gostasse. Pedi um carro de aplicativo, e em cinco minutos já estava em direção ao cemitério. Eu e o motorista não trocamos uma palavra sequer, mesmo que ele volta e meia ficasse me encarando pelo retrovisor com um olhar de curiosidade, claramente querendo uma abertura para puxar assunto. Não demorou muito para chegarmos até o destino. Paguei incríveis trinta e cinco reais por uma carona de cinco quilômetros. Era o tal do "preço dinâmico", quando a demanda está muito maior do que a oferta.

O cemitério transmitia uma ideia de modernidade, assim como cada empreendimento existente na cidade. Entrei, e fui até a seção destinada ao velório de Caio. Tinham poucas pessoas, bem menos do que esperava. Quando Fabiana me viu chegar, arregalou os olhos, indicando que estava surpresa com a minha presença:

– Doutor? Você veio?

– Claro, Fabiana. Meus sentimentos.

– Não achava que você viria. Quer dizer, pelo menos não presencialmente.

Fabiana proferiu aquelas palavras colocando as mãos em meus ombros, em um movimento que indicava que ela tinha realmente gostado da minha presença. O que deixava tudo ainda mais esquisito.

– O que você quer dizer com "presencialmente"?

– Esqueci que você é de fora. Já faz alguns anos que realizamos velórios virtuais. É uma tradição na cidade. Presencialmente, somente os familiares mais próximos. Você não viu o link que te mandei na mensagem de hoje de manhã?

Por alguns segundos, fiquei atônito com a novidade que Fabiana acabara de contar. Em seguida, fiz uma expressão de surpresa com um misto de normalidade, para que aquele momento de luto não fosse perturbado. Fabiana me contou que a cidade de Libéria foi recordista de mortes no estado de

São Paulo durante a pandemia da década de 2020. Até chegar a um ponto em que não se tinha mais pedaço de terra para criar as covas dos novos mortos. Os mortos não foram enterrados por uma ou duas semanas.

Na época, o prefeito Paulo sugeriu o velório virtual, com o intuito de não gerar aglomerações e não ocasionar perplexidade por não conseguir enterrar o ente querido. No início, a ideia foi amplamente rejeitada. Depois, ao passar dos anos, a ideia foi sendo paulatinamente implementada. Mesmo que moralmente a ideia fosse estapafúrdia, a presença nos enterros e velórios geravam muitos sussurros do Fantasma nos cidadãos, o que fez com que a ideia fosse aceita pela população.

Assim que Fabiana se virou novamente para o corpo de Caio, comecei a prestar atenção naquele local. Havia câmeras por todos os lados, e um projetor incidindo sobre uma parede branca, mostrando as pessoas virtualmente conectadas ao velório. Todas de roupa preta, óculos escuros. Inúmeras em prantos. Quarenta e oito pessoas conectadas no *cóu funerário*, chorando e metendo as suas mãos molhadas nas telas, como se quisessem tocar Caio, ou como se julgassem estar tocando. A situação era bizarra.

Igor e Fabiana seguiam do lado do corpo de Caio. Igor, sem expressões, parecia anestesiado pelo momento. Já Fabiana soluçava de tanto chorar, e tinha uma carta nas mãos. Pelo papel, parecia ser a carta que tinha visto em cima da mesa em que Caio estava antes de morrer. Tinha curiosidade para saber o que tinha sido escrito, mas aquilo era muito pessoal. Não tinha a coragem de perguntar isso a Fabiana, mesmo que de alguma forma pudesse me ajudar na investigação.

Os pais de Caio e Fabiana me olhavam como se fosse um intruso. E de fato, pensando pela visão deles, eu não deveria estar ali. Deveria estar na *cóu*. Por que a gente começou a usar estrangeirismo para tudo? Vai ver é a preguiça de dizer chamada de vídeo. Ou talvez seja uma forma de atribuir um contexto excludente por meio da linguagem que utilizamos.

Ninguém sabe o que é *cóu* e *ônerchipe* na Zona Morta e nas periferias deste país. Se falássemos *chamada de vídeo* e *responsabilidade* respectivamente, possivelmente nos comunicaríamos melhor. Mas a ideia de sociedade que estamos vivendo nunca teve esse objetivo, não é mesmo?

Até as pessoas que estavam na *cóu* começaram a lançar olhares. Me senti incomodado, então me despedi de Fabiana com um abraço bem apertado e dei uma boa olhada em Caio pela última vez antes de sair. Me retirei do cemitério, e o próximo destino seria o asilo da cidade. Solicitei mais um carro via aplicativo, e segui em direção ao "Nossas Relíquias", que ficava ainda mais distante, quinze quilômetros, quase chegando na Zona Morta. No caminho, que levou pouco mais de trinta minutos, revi as minhas anotações e torcia para que encontrasse naquele lugar o homem que viu o Fantasma. Me veio uma vontade súbita de me retirar daquele local de qualquer maneira. Não me parecia plausível que alguém fosse me segurar na cidade à força. Até que fomos passando por inúmeros pontos de saída da cidade, que estavam completamente bloqueados pela força militar do estado de Libéria. Perto daqueles bloqueios, inclusive, não tinha uma alma penada sequer tentando se aproximar, seja a pé ou por carro. O que, pelo menos para mim, indicava que aqueles militares não tinham histórico de serem receptivos a desavisados que tentassem cruzar as fronteiras da cidade.

Continuamos com a corrida, e notei algo peculiar. Não gostava de conversar com motoristas de aplicativo, mas era o mesmo de quando fui para o cemitério. Nos encarávamos pelo retrovisor. Fiquei com vontade de falar com ele sobre a cidade, mas deixei para lá. Pensei que atrapalharia o raciocínio que estava construindo em relação à visita ao asilo. Mas prometi para mim mesmo que caso nos encontrássemos pela terceira vez, conversaria com ele.

Ao chegar no asilo, me deparei com um ambiente fora do usualmente visto na cidade. As tecnologias permaneciam presentes, com todo o tipo de equipamento para praticar as mais diversas atividades. Mas não se tinha as luzes e cores megalomaníacas que caracterizavam de forma intensa a urbanidade daquele território. O asilo era todo cinza e amadeirado. Todos os presentes, funcionários e residentes, tinham como traje uma camiseta branca, calças jeans e sapatênis.

À minha espera tinha um senhor com idade avançada – era o único que se vestia diferentemente dos demais. Seu traje era como o meu, roupa social preta e paletó preto. Tinha um cabelo curto e escorrido para frente, como se tivesse pegado a baba do quiabo e passado por cima dos seus fiapos. Esse senhor sorria em minha direção e acenava. Seu nome era Osmar, gestor daquele asilo por mais de vinte e cinco anos. Era possivelmente um dos homens mais antigos da cidade. Talvez estivesse diante do homem que viu o Fantasma. Ou, quem sabe, algum daqueles idosos que residiam no asilo. De qualquer forma, me parecia um lugar propício para avançar em minhas investigações.

Apertei a mão de Osmar e me apresentei. Eu estava com ar de riso e acho que ele reparou. Acontece que ele era a cara do Seu Omar, aquele de *Todo mundo odeia o Chris*. Fiquei imaginando-o dizendo "trágico" a cada vez que falássemos sobre o Fantasma. Essa cena, se acontecesse, seria engraçada, sem dúvidas. Mas a minha vontade de rir se esvaiu assim que me recordei que não tinha ninguém para compartilhar essa situação incomum – encontrar um sósia de um personagem de uma série de comédia de mais de vinte anos atrás.

O motivo para tal não era só o isolamento virtual. A verdade é que eu não tinha ninguém, em qualquer canto do planeta, a quem pudesse contar esse fato. Os meus amigos estavam muito distantes de mim para eu simplesmente contatá-los após anos sem qualquer interação. Fora que o meu senso de humor sempre foi bem específico e muito diferente das pessoas ao meu redor, então, possivelmente, ninguém acharia graça.

Osmar foi me apresentando aquilo que ele chamava de casa. O asilo, conforme mencionei brevemente, tinha um aparato tecnológico invejável. Detectores na entrada dos dormitórios mostravam de forma instantânea os índices corporais mais relevantes de cada pessoa que passava por ali. Tudo mesmo. Desde caspas no cabelo até hemorroidas não tratadas.

Fiz um teste para ver se funcionava e o resultado não foi nada bom. Meu colesterol estava alto, e estava começando a ficar com gordura no fígado. Ambos provavelmente ocasionados pelos anos de cachaça e os meus péssimos hábitos alimentares.

O asilo tinha todo tipo de entretenimento possível para as "relíquias", por assim dizer. Todo o tipo de jogos de cartas, inúmeras televisões espalhadas com os mais diversos aplicativos de *istrimin*. Em suma, o lugar me impressionou, e pensei na minha mãe:

– Sua mãe? Por que não? Você tem intenção de gastar quanto mensalmente com a sua relíquia? Temos diversos planos e opções, que cabem no gosto e no bolso de qualquer cliente. E óbvio, sua mãe tem que conhecer e gostar, pois não deixamos aqui ninguém contra a própria vontade.

Osmar me tratou como cliente em potencial a todo momento. Deixei que ele gastasse a sua lábia, até para obter o máximo de informações sobre o local sem que tivesse que fazer perguntas. Alguns minutos depois, disse o motivo da minha visita, e a investigação em andamento sobre os eventos fantasmagóricos da cidade:

– Claro. É verdade, agora estou me lembrando de você. O tal investigador do Fantasma, não é? Doutor Roberto Antunes? Admiro o seu trabalho. Como um morador bem antigo deste lugar, imagino que posso ajudar em sua investigação. Ele sempre esteve por aqui, por mais absurdo que isso possa parecer.

O asilo, por exemplo, já teve muitos problemas. Volta e meia, esse *poutergáisti* duma figa vem atormentar a velharada. Os sussurros são reclamações constantes dos nossos idosos. Já ocorreram suicídios, mas não tão frequentes como no resto da cidade. Os profissionais de saúde mental que aqui estão são essenciais para que as relíquias resistam aos sussurros.

Serei sincero com o senhor: a morte destes idosos não gera nenhum tipo de comoção no resto da cidade. Você se lembra da pandemia que tivemos há vinte anos? Pois é. O papo da época era de continuar a trabalhar e proteger os idosos, e blá blá blá. No fundo, o que aquele pessoal estava dizendo era o seguinte: vamos trabalhar, e os velhos que se lasquem. Já estão para morrer mesmo. Estou te dizendo, doutor. Agora que sou velho, posso dizer: ninguém se preocupa com velho, com exceção de outro velho. É os velhos pelos velhos, doutor. Nos cuidamos.

Estes senhores que aqui estão foram convencidos pelas suas famílias a ficarem por aqui, de modo que os incomodem o menos possível. Este lugar é maravilhoso, todos os idosos gostam de ser uma relíquia. Mas não há nada mais importante do que o carinho e afeto dos familiares. Tem idoso que não recebe visita dos filhos há anos.

Eu observo no olhar dos parentes quando recebem a notícia de que seus pais faleceram. É uma mistura de tristeza e alívio. Ficam aliviados por não terem mais que carregar o fardo de cuidar de seus pais, que não conseguem mais cuidar de si mesmos. O engraçado é que não são eles que cuidam, somos nós, oras. O mundo funciona dessa maneira, não é doutor? Em tudo o que o ser humano põe dinheiro, ele se acha dono. Depois que um velho se torna uma despesa, ele pertence a alguém. Disso não há dúvidas.

Osmar foi longe. Ele gostava de falar, e eu de escutar. Fiz diversas anotações e segui com as perguntas sobre como o Fantasma se manifestava, assim como fiz com as outras pessoas que conversei nesta investigação:

– É complicado dizer o exato momento em que o Fantasma se manifesta aqui no asilo. Não estou escondendo nada, que fique claro. Mas me diga você: como reproduzir uma frustração? Um momento em que você questiona a sua vida inteira? Impossível. Muitos idosos reportam que os seus primeiros sussurros ocorreram após perceberem que os seus filhos não iriam visitá-los conforme prometeram. Depois disso, passam a reclamar de tudo, e os sussurros só aumentam. Dores nas costas, dificuldades de se entreter com qualquer atividade. Mas esse é um mal nosso, correto doutor? O nosso entretenimento é o trabalho. Quando nos aposentamos, não sabemos mais o que fazer.

Fui puxando assunto, e perguntei se a argumentação de Osmar estava indo para um caminho no qual a falta de trabalho ou do que fazer contribuía para a aparição do Fantasma.

– Não penso que seja a inércia o fator preponderante para que o Fantasma se manifeste. Você pode ficar o dia todo sem fazer nada, e o Fantasma não irá sussurrar em momento algum. Ficar sem fazer nada, sem dúvida, não vai fazer com que o Fantasma emita os seus sussurros. Acho que o fato de ficar sem fazer nada só vai fazer com que o Fantasma se manifeste, caso a inércia te cause uma decepção tão profunda que você precise rever a sua existência. A chave, a meu ver, é a frustração, e não o fato de não ter o que fazer.

Até porque, doutor, a nossa geração é marcada por sempre estar fazendo alguma coisa, mesmo quando não deveria. Essa busca insaciável por melhorar o desempenho, em competir com os outros. Não é mesmo, doutor?

Osmar apontou para alguns idosos jogando dominó e disse que são viciados naquilo. Ficam jogando das seis da manhã às oito da noite. Disse que os velhos se viciaram a tal ponto que criaram campeonatos de dominó. O desejo de competição ainda era tão grande entre estes idosos, que os mesmos até elaboraram um esboço de criação de um campeonato internacional de dominó entre os lares de repouso. Alguns idosos milionários estavam dispostos a investir quantias consideráveis de dinheiro no campeonato internacional de dominó. Tinham até criado um nome para o campeonato: "CEOs na terceira idade: The last dominó". Infelizmente, as famílias barraram a criação do campeonato, devido a exposição indevida que isso poderia gerar.

Até aquele momento da investigação, a frustração parecia ser um ponto em comum para que o Fantasma se manifestasse. E esse era o problema. Não era qualquer frustração. Tinha que ser a maior frustração de suas vidas:

– O meu primeiro sussurro? Foi há dez anos. Senti um calafrio forte no braço esquerdo. Já vi outros dizerem que sentiram a mesma coisa. Mas esse negócio não é uma ciência exata.

Fui para a derradeira pergunta. Se ele era o homem que viu o Fantasma, ou se poderia ser alguém do asilo:

– Não sou eu não, doutor. *Vade retro*, Satanás! Sei que o demônio tem os seus favoritos, mas não sou um deles! Não faço ideia de quem seja essa pessoa que já viu presencialmente o Fantasma. Se a pista que você tem é que o homem que viu o Fantasma é o homem mais antigo da cidade, então você precisa falar com o Sr. Ademar. Ele é o idoso mais velho que conheço, tem 87 anos.

Osmar apontou o dedo em direção ao refeitório, indicando que o senhor Ademar estava por lá. Ademar estava em uma mesa, sozinho, e fazendo a sua refeição. Eu estava com fome e o Ademar estava dando bandeira. Peguei um prato e fiz o meu bandeco. A variedade de alimentos que as relíquias tinham a disposição era invejável. Parecia um resort *premium*, inclusive. Lagosta, camarão, pizza, frios, sushi, tacos, burritos. Fui até ele:

– Quem é você?
– Posso me sentar aqui?
– Não sei. Não sei nem quem é você. Quem é você?
– Roberto Antunes. Doutor Roberto Antunes.
– Você é médico?
– Não.
– Tem doutorado?
– Tenho sim.
– Pode se sentar aí.

Ademar tirou um barato da minha cara. Era rabugento. Uma característica que geralmente afugenta as outras pessoas. Mas eu também era rabugento, e, geralmente, rabugento entende rabugento.

– O que você quer saber? Fala, fala! Desembucha porque eu não sei até quando estarei vivo.

– Como você sabe que quero te perguntar algumas coisas?

– Você não é ninguém que eu conheço. Quando alguém estranho e senta à mesa com um velho, ou é para falar de uma doença nova ou é para perguntar algo de interesse. Como você não é médico, então você só pode estar aqui para me encher o saco.

Que "rabugência" maravilhosa. Eu queria morar naquela mesa. Começamos a conversar, e não demorou muito para que começássemos a reclamar de tudo. Em dado momento, Ademar me olhou com certa estranheza mas também curiosidade com um semblante *"de que porra é essa, meu chapa?"*. Interessado em saber o que este outro rabugento na sua frente tinha a dizer. Foi a deixa que eu precisava para descobrir se aquele senhor era o indivíduo que teve contato visual com o Fantasma:

– E você, seu sem vergonha, se sentou aí e fingiu querer conversar com o velho. Mas sei que seu interesse é no tal do Fantasma. Não julgo, e entendo. Afinal de contas, um velho com o pé na cova não tem importância nenhuma diante desse problemão que a cidade está enfrentando.

Ademar proferiu estas palavras com um olhar marejado, e engoliu com força a saliva. Como se tivesse engolido o choro. Não foi difícil notar que ele carregava uma grande carga emocional em relação a este assunto:

– É difícil falar sobre isso. Toda vez que falo, caio no choro. Vim para esta cidade faz vinte anos. Já tinha muito dinheiro na época, mas com a vinda da Zeitgeist para cá, Libéria se tornou uma Lima Dourada. Era a minha chance de virar milionário, aos quase setenta anos.

Conheço o Áquila já faz alguns anos. Era um menino já milionário e com potencial para ser ainda mais rico. Quando ele veio com a proposta de ir para Libéria, formar um império de tecnologia, fiquei receoso, mas acreditei na ideia. O plano dele era incrível. E deu certo. Ficamos milionários rapidamente.

Ademar dizia com desgosto e amargura. Era a primeira vez na vida que tinha presenciado alguém reclamar que ganhou muito dinheiro. Sem a menor cerimônia, também me introduziu novas informações acerca do passado de Áquila. Descendente de uma família alemã escravagista, que veio para o Brasil e iniciou o seu império durante o período de incentivo ao embranquecimento da população. A Zeitgeist era o legado da família, e tinha sido fundada no auge do movimento integralista brasileiro durante a Segunda Guerra Mundial. O fascismo perdeu a guerra, mas as suas ideias continuaram vivas na família de Áquila. Zeitgeist continuou prosperando, principalmente durante a ditadura militar, assumindo o posto de empresa de grande porte do setor tecnológico. Áquila assumiu a presidência aos vinte e quatro anos, assim que o seu pai faleceu. Imaginei que pelo histórico de sua família, ele não estava muito contente em deixar o destino de sua cidade nas mãos de um preto como eu. Azar do Áquila:

– Estou reclamando, mas tenho muita culpa nesse cartório. Desejei ser milionário durante toda a vida, e esse desejo me fez um predador. Não esperava que as oportunidades viessem até a mim, eu fazia acontecer. Destruía quem fosse preciso, sem pudor. Se ficasse no meu caminho, eu passaria por cima.

Ademar não me deixava claro se aquilo tinha relação com o Fantasma na cidade:

– Calma! Já falarei sobre esse Fantasma. Inclusive, a história que estou te contando chegará nele. Posso continuar? Pois bem! Como estava falando, fiquei rico aos sessenta e sete anos. Já tinha os meus filhos criados, trabalhando comigo e prontos para continuar com o império tecnológico que montei com o Áquila.

Naquele momento já se tinha alguns comentários sobre o Fantasma. Sim, quem falou para você que o Fantasma sempre esteve aqui, não mentiu. A propósito, essa era uma questão debatida entre os empresários que investiram na cidade. Só que o assunto perdeu a relevância com o plano de crescimento que Áquila tinha pensado. Era um plano de dar inveja ao diabo, com certeza. Com uma riqueza de detalhes que nunca tinha visto. Batata: enriquecemos conforme o planejado.

Olha, doutor, eu já era idoso naquela época. Só que eu era tão prepotente que achava que viveria muito bem até os noventa anos. Tipo esses apresentadores de televisão que não morrem nunca, sabe? Então. Só que com sessenta anos eu já tinha uma prótese no quadril direito, escoliose, nervo ciático inflamado e pressão alta. Esses problemas, decorrentes da minha vida sedentária e do meu desejo insaciável por acumular cada vez mais riquezas. Parecia improvável que eu vivesse por muito mais tempo, não é? Sabe uma coisa que dinheiro te dá e você não percebe? A sensação de que você pode ludibriar a morte. Mas você não pode. Inclusive, se alguém consegue driblar a mortalidade da vida, meu palpite é de que essa pessoa não tem muito dinheiro, não. Pelo menos, rico não deve ser.

Quando estava próximo de completar setenta e cinco anos, a minha mobilidade foi afetada severamente. Não conseguia ir ao escritório com a frequência que um presidente de uma grande empresa deveria. Tive que tomar uma decisão, e passei o controle da empresa para o meu filho. O preparei durante toda a vida para assumir a empresa algum dia. Só que quando isso ocorreu, foi melancólico e trágico para mim. Era como se estivesse prestes a morrer, e eu achava que estava mesmo.

Não, doutor. Ainda não tinha recebido sussurros do Fantasma até aquele momento. Achava uma bobagem. Tudo começou quando meu filho colocou uma enfermeira para morar lá em casa, para me auxiliar no que fosse preciso. Ainda participava das movimentações da empresa, funcionando como um consultor para diferentes assuntos. Até que tomei uma decisão equivocada, e tivemos uma grande perda em lucros no ano de 2033. Como é que dizem? Fiquei gagá das ideias.

Fui afastado pelo conselho deliberativo que eu mesmo tinha criado. Sem ter o que fazer em casa, fiquei insuportável. Eu só sabia trabalhar. Fora daqueles cômodos de *dráiuau*, eu mal sabia fritar um ovo. Até que em 2035, meu filho me colocou neste asilo. O asilo é bom, adoro este lugar. Mas a gente começa a ficar sentimental, doutor. Fiz o meu filho me prometer que faria uma visita toda a semana. Mas isso nunca aconteceu.

Há três anos, no dia do meu aniversário, o questionei do motivo para ele não me visitar. Ele fugiu da pergunta, até que fui grosso e começamos a discutir. Nos ofendemos bastante. O que mais me magoou, é que o meu filho só disse verdades durante a nossa discussão. Disse que eu não o tinha criado para ser seu filho, mas sim para ser o seu sucessor e comandar o negócio da família. Aquelas palavras golpearam o meu estômago. Como eu podia exigir afeto de alguém que eu criei para ser impetuoso e competidor?

A partir desse momento, os sussurros se tornaram frequentes. O Fantasma vem me dizendo, verdades que conheço, mas que há tempos eu não quero escutar.

Era evidente que a manifestação do Fantasma tinha um *modus operandi*. O sentimento de frustração era o precursor dos sussurros, e até aquela altura da investigação, tratava-se da marca registrada desse evento fantasmagórico. Para dar fim ao meu passeio pelo asilo, precisava saber se foi o Ademar que viu o Fantasma. Gostaria muito de fazer valer a dica do finado Caio:

– Que história é essa? Alguém já viu esse bendito? Não sabia. Eu queria ter visto esse cabra uma vez só, para dar umas boas porradas nesse desalmado. Mas infelizmente, não, doutor. Não fui eu que vi o Fantasma, apesar de ser o homem mais velho desta cidade.

O Fantasma poderia estar me inserindo em um labirinto sem saída, mas essas pistas eram a única maneira de avançar na investigação. Andava em círculos, e esta falta de avanço começava a me incomodar. Ademar percebeu, e fez mais um comentário:

– Em certo dia, tive um sussurro estranho. O sussurro dizia: quem me viu, ainda não me viu. Bom, isso pode ser uma pista, certo doutor?

Que diabo de pista era aquela? A cada minuto a minha estadia na cidade se tornava ainda mais bizarra. Fiquei atordoado em meus pensamentos. A única coisa que pensava era em atravessar a porta de saída daquele asilo e ir embora para o hotel, pensar um pouco sobre o direcionamento da investigação. Me despedi de Ademar e fui em direção a Osmar para informar que estava indo embora. Até que escutei, de longe, e vindo do fundo daquele refeitório, uma voz que dizia:

– Anísio, meu filho!

A voz era exatamente igual à da minha mãe. Paralisei, como o piripaque do Chaves. Senti um formigamento no braço esquerdo. O mesmo formigamento, que todas as testemunhas do Fantasma diziam sentir antes dos sussurros. Será que os meus remédios matutinos deixaram de fazer efeito? Estaria eu escutando vozes novamente? Ou será que, assim como os moradores desta cidade, sempre fui assombrado?

Meus olhos dobraram de tamanho, e fiquei visivelmente espantado. Tinha uma coluna no meio do refeitório que tampava a visão para a senhora que tinha me chamado. Obviamente, não era a minha mãe, mas por que diabos ela sabia o meu nome?

Osmar notou a minha surpresa e ficou sem entender. Me aproximei da senhora, ela pegou em meu rosto, o alisou carinhosamente e com todo o cuidado. Ela chorava e dizia repetidamente: “Meu filho! Meu filho!”. Me emocionei, mesmo sem motivo. O que estava acontecendo comigo? Me emocionando com uma senhora que nunca tinha visto antes na vida?

– Me desculpe, Doutor Roberto. A Dona Gertrudes sofre de demência, e confunde todas as pessoas com o seu filho Anísio.

Osmar estranhou o meu choro, mas não quis me perguntar o que tinha acontecido. Mal sabia ele que meu primeiro nome era Anísio, e que aquela senhora me fazia lembrar da minha mãe, surgindo novamente uma saudade que não cabia no meu peito. Estaria eu prestes a escutar o meu primeiro sussurro na cidade? Os primeiros sinais e sensações já tinha começado a sentir. Confesso também que começava a me frustrar com os rumos da investigação, mas não era um sentimento que mudaria os eixos da minha vida. Que me faria questionar a existência, como todos disseram.

Fui embora do "Nossas Relíquias" com saudade da minha mãe. A privação de me comunicar com o exterior da cidade passava a me incomodar excessivamente. Restavam mais dois dias de estadia na cidade. Com a investigação finalizada ou não, iria embora deste lugar.

Já era próximo das três horas da tarde, e tinha passado metade do meu terceiro dia de investigação sem avanços. Áquila vivia me mandando mensagens no celular, me cobrando "*status*". Empresários adoram receber "*status*" de seus funcionários. Só que eu não era o seu funcionário. No máximo, um prestador de serviço que estava louco para mandá-lo para o inferno.

Chamei um motorista de aplicativo novamente, e para o meu desespero, era o mesmo motorista das outras duas corridas anteriores. Não que fosse um cumpridor de promessas, mas eu não tinha nada para fazer, e o que eu poderia perder naqueles quinze minutos de viagem até o hotel? De repente, ele até poderia me ajudar com a pista que o Ademar escutou do Fantasma.

– Terceira vez hoje. Você deve estar enjoado da minha cara! – disse aos risos para puxar assunto.

– Pois é. Você está famoso na cidade por conta da investigação. Fiquei doido para falar com você de manhã, mas não quis ser intrometido. Você é uma pessoa importante.

– Sou nada, pô. Muito prazer, Doutor Roberto.

– Doutor Roberto Antunes, não é? Meu nome é André.

Começamos a conversar, e não tínhamos como não falar sobre o Fantasma. Onde eu estivesse, o assunto seria sobre isso. Era como se eu fosse o atacante de um time que perdeu um pênalti em uma final de campeonato. O assunto estava estampado na minha cara.

Antes de já sair falando sobre o dito cujo, tive que puxar um mínimo de conversa com o André, até para não ser indelicado. É bem verdade que não foi preciso que eu dissesse muita coisa. André fazia o tipo de motorista que saia falando sobre tudo, mesmo que você simplesmente concordasse com um balançar de cabeça ou com um "uhum", "é verdade", "bacana". Era casado, tinha três filhos e a sua esposa estava grávida. Disse que trabalhava dezesseis horas por dia por conta das crianças. E foi engraçado porque aquela história me parecia uma tragédia, mas André estava totalmente empolgado com a vinda de mais um filho. Dizia que, nem eu e nem ele, conseguiríamos consertar a porcaria que virou o mundo. Só as próximas gerações poderiam ter tal façanha, e que ele iria contribuir com quatro indivíduos para consertar as merdas que fizemos até agora.

Bom, essa contribuição não tive a capacidade de dar. Quer dizer, capacidade eu tinha, o que me faltou foi vontade de gerar outro ser que teria a difícil missão de ser um queimadinho feito eu. Digo, um jovem preto que descobrirá o racismo de forma recreativa, em qualquer lugar por aí, assim como foi comigo no bar do Seu Joaquim.

Eu não podia deixar de mostrar o meu espanto com a positividade de André, mediante as suas quatro bocas para alimentar. Parecia realmente feliz com os rumos de sua vida e com a condução política do prefeito Paulo. Além disto, o Fantasma não pareceu ser um problema para André:

– Veja bem, Doutor Roberto, eu sempre soube da incompetência do prefeito Paulo. Aliás, isso é cristalino, não precisa ser um gênio para perceber. Mas eu não encontro outra escolha a não ser prosseguir votando neste cara.

Sim, temos opositores. Mas o que eles têm a me oferecer para um cara como eu? Branco, de meia-idade e motorista de aplicativo? Não possuem nenhuma proposta de política voltada para nós. Eu queria férias remuneradas, por exemplo. Votaria na hora no candidato que tivesse essa proposta.

Todo mundo quer ganhar, e eu também quero. Ninguém quer perder, e eu também não quero. Eu não estou muito preocupado com o bem-estar coletivo não, sabe? Quero melhorar a minha vida.

Discordava de André, porém entendia o seu raciocínio. Existia uma forte cultura de que todo mundo poderia ganhar algo. De que sempre teríamos alguma compensação e que nunca perderíamos.

Os munícipes de Libéria só gastavam tempo e dinheiro naquilo que achavam que iam ganhar ainda mais conforto. Privilégios para anestesiá-los em suas rotinas esmagadoras. Não existia, nesse aspecto, qualquer busca de equidade. Engraçado é que André, trabalhando as suas dezesseis horas por dia, não conseguia entender que só a busca por equidade fará com que ele trabalhe de maneira justa e que tenha os direitos que merece.

Talvez os opositores de Paulo, preocupados demais em ser representativos, não conseguiam se comunicar com André, e de certa forma explicitar o óbvio. Ainda tinha cinco minutos de corrida, o papo já tinha se esvaziado e parti para as perguntas sobre o Fantasma.

– André, talvez você consiga me ajudar.

– Eu? Que honra. Ajudo com o maior prazer.

– Procuro um morador de Libéria que se encaixe na seguinte frase. “Quem me viu, ainda não me viu”. Esta frase não diz nada com nada, mas não custa tentar, já que estamos conversando.

– Não sei se ajuda, mas conheço um cara que não fala nada com nada o tempo todo. Só maluquice. E é a favor do Fantasma, então pode ser um bom lugar para procurar.

– Quem?

– Seu Eduardo. Ele fica ali perto da padaria "Sem Pressa", com o pessoal do Pedrinho Revoltado. É morador de rua. Sobrevive vendendo os seus quadros.

Seu Eduardo, minha próxima pista. André tinha mais a oferecer, mas a nossa viagem chegou ao fim antes de conseguirmos finalizar a nossa conversa, que já tinha sido de grande serventia. Aproveitei e disse para ele me deixar em frente da Zeitgeist, e não mais no hotel. Tentaria encontrar Eduardo.

A frente da Zeitgeist estava com baixa movimentação, apenas com alguns ambulantes já montando as suas barracas para o início da movimentação frenética que ocorria quando o sol ia para o outro hemisfério. Na frente da padaria, não tinha ninguém vendendo coisa alguma. Só tinha o pessoal do Pedrinho, como em qualquer horário do dia.

– Meeeu atacaaante! Camisa 9, fazedor de gols – gritou o prefeito Paulo, em companhia de Áquila, me surpreendendo com vários tapas nas costas e me chacoalhando como se eu fosse um boneco de ventríloquo.

Estava com tanta raiva destes dois indivíduos que não pude ao menos esboçar um sorriso amarelo. Com as informações que obtive do idoso Ademar sobre o passado de Áquila, já podia enxergá-lo de outra maneira. Aqueles olhares que ele me lançava, já poderia interpretá-los da maneira apropriada. Como posso dizer? É o olhar que estou acostumado a lidar durante a minha vida toda. A minha carreira bem-sucedida de investigador mitigou grande parte destes olhares. Mas há pessoas que não nos querem ver nem pintados de ouro.

– Precisamos rever essa política de não comunicação externa. Tenho que me comunicar com a minha equipe, com os meus familiares etc. – disse com os olhos espumando de raiva.

– Não dá. É a lei que vigora na nossa cidade. Quando entramos em estado de emergência, ficamos isolados por cinco dias e sem nenhum tipo de comunicação externa. Somente comunicações internas. – disse o prefeito Paulo, direcionando-se a Áquila, buscando a sua aprovação a cada frase proferida.

– Além disso, Roberto, você já está no meio da investigação, certo? Só mais dois dias e você vai embora. Claro, assim que resolver este problema para a nossa cidade – exclamou Áquila, com o seu habitual tom ardiloso de dizer as suas argumentações em todo tipo de diálogo.

– É isso aí, meu atacante! Você tem ainda quarenta e cinco minutos para fazer esse gol e ganhar o campeonato. Bora! – berrou o prefeito Paulo, com a sua fanfarronice característica, sorrindo para todos os cantos.

Mas não conseguia engolir essa justificativa. Levantei o tom de voz, comecei a esbravejar no meio da rua, chamando a atenção dos munícipes que ali passavam. Até que Áquila finalmente começou a mostrar a sua verdadeira personalidade:

– Faaaalaaaa baaaaixuu! Segura a tua onda, negão. Tá pensando que é quem? Pouco importa o rumo da sua investigação, eu não quero saber se esse Fantasma existe ou não. Eu só preciso que o resultado do seu trabalho confirme que a Zeitgeist não tem relação com os suicídios. Depois, você pode pegar o seu dinheiro e dar o fora da minha cidade.

Plano? O velho Ademar ficou gagá e está falando coisa que não deve. Nunca foi um plano, mas sim uma forma de visão de mundo, que queríamos implementar. A ideia sempre foi desenvolver algumas subjetividades que minassem todo e qualquer comportamento que pudesse ser contrário à nossa hegemonia.

Humpf, é lógico que você não entendeu sobre o que estou falando. Se entendesse, não teria essa conversa. Elaboramos supostas habilidades comportamentais que todo empregado deveria possuir para progredir na carreira. O tal dos *sófiti isquius. Comuniqueition, liderchipe, fléxibiliti, tim úorque éndi órer élse.* Habilidades combinadas à autogestão do funcionário, fazendo com que o mesmo se sinta responsável pelo seu crescimento e pelos resultados da empresa. Acreditando na meritocracia, no sistema compensatório pelas angústias e estresses vividos, além de uma contínua busca por desempenho e performance.

E claro, sem esquecermos do tempero final: o caos. Uma gestão baseada no caos irá implicar em dor e angústia, tendo como resultado todo o tipo de insalubridade possível. Este tipo de gestão é o melhor que temos. Primeiro, porque temos total controle sobre ele. Só tem controle sobre o caos quem o provoca. Segundo, dá ainda mais valor às recompensas que elaboramos em nosso sistema de compensações ao sofrimento. Digo, receber um alívio, uma anestesia no inferno, terá sempre mais valor do que no céu.

Por fim, meu nego véio, o *gran finale*. O que toda essa nova subjetividade gera nas pessoas? O que essa ideia fixa de compensação e anestesia ao sofrimento impacta nas relações cotidianas?

Bom, a resposta nós já temos. O mais engraçado é que conseguimos deixar vocês *perdidos da silva*. A cada eleição é a mesma papagaiada. Colocam culpa na religião x, no pastor y, no jornal z. Por no mínimo oito horas por dia, eu sou o jornal, o pastor e a religião de mais de trezentos mil funcionários pelo país.

É por isso que, quando a gente quer, conseguimos eleger até aquele idiota que disse que não é coveiro. Olha só o idiota que tá do meu lado aqui, ó? Ele deve tudo a mim.

Áquila apontou para Paulo, batendo em seu peito na sequência. Paulo estava desconfortável, não gostava dessas situações em que ficava claro que ele não detinha o poder da cidade. Ficava feito um patife ajeitando o *bingolin*, como se tivesse com pó de mico na cueca. Áquila, por sua vez, perseguia e-mails não lidos em seu smartphone de última geração. Ficava *zaroio*, com um olho em mim e outro na tela.

Eu seguia sem acreditar na conversa que estávamos tendo, apenas algumas horas após eu ter visto o crânio aberto de Caio escorrendo pela calçada feito de um arroz de polvo.

– Quem morreu? Que Caio? O meu Caio? Porra, mas não é possível. Isso é semana para morrer? Não tinha como morrer semana que vem, não? Agora vai ficar tudo pendente lá

Paulin, acredita? Caio era um dos meus executivos mais antigos da Zeitgeist, conhecia a nossa tecnologia de cabo a rabo.

Oi? Ah negão, faça-me o favor, tá. Não tenho nada a ver com isso. A rapaziada dos recursos humanos vai se encarregar por aquilo que a família dele tem de direito. Assistência funerária, seguro de vida, e mais alguns valores de bonificação que ele receberia se chegasse vivo até o fim do ano.

Não! De jeito nenhum. Minha política corporativa beneficiou e muito o Caio e vários outros funcionários que por ventura tenham optado por tirar a própria vida. O Caio, por exemplo, viajou para diversos países durante todos estes anos. Sua família vivia muito bem, tinha um padrão de vida acima da média. Se ele optou por se atirar da varanda, sem dúvida a Zeitgeist não tem nenhuma relação com esse incidente.

Aliás, reforço que este é o único resultado que o seu trabalho de investigação pode apresentar. A Zeitgeist não possui quaisquer relações com os suicídios ocorridos na cidade.

A total falta de humanidade de Áquila me deixava espumando de raiva. Ele merecia uma surra. Daquelas de procurar os dentes no chão. Eu mesmo teria o prazer de quebrar dois dedos da mão por ter desfigurado a cara daquele desgraçado. Mas o seu forte sistema de seguranças, que mais pareciam bonecos ao presenciar aquelas atrocidades proferidas a mim, garantiam a Áquila o poder de escapar das agressões que merecia.

Paulo e Áquila me deixaram falando como se o recado tivesse sido dado e eles não tivessem mais nada a dizer. Foram para dentro da Zeitgeist. Eles riam – possivelmente da minha cara.

Voltei as minhas atenções para a padaria, na tentativa de encontrar com o morador de rua Eduardo. Todos ali conheciam Eduardo, mas disseram que ele já tinha ido embora. Não sabiam onde dormia, nem como encontrá-lo depois que ele saia vagando pela cidade. Me aconselharam a retornar pela manhã, pois o Eduardo costumava estar por lá a partir das nove horas.

Pedrinho Revoltado estava voltando para a padaria, falando com o seu grupo e gesticulando bastante. Aparentemente, estava irritado, coisa que eu ainda não tinha visto acontecer. O assunto era o prefeito Paulo e o seu palácio. Falavam sobre algum item lá que deveria ser capturado. Um item que seria de grande valia, que poderia efetuar comunicações externas durante o isolamento da cidade. Um item que, de certa forma, seria útil para cada pessoa que estivesse na nossa situação.

Quando Pedrinho me viu, abriu aquele seu sorriso sarcástico que tanto me irritava:

– Olhem só. Protejam este homem! (risos) Já encontrou o Fantasma?

– Ainda não, mas você pode me ajudar. Sabe onde encontro o Seu Eduardo?

– Por aqui. Ele é adepto dos nossos ideais também. Sempre está por aqui durante as manhãs, e vai embora depois do almoço.

– Não posso esperar até amanhã. Acho que ele pode me fornecer algumas informações relevantes sobre o Fantasma. Você sabe onde posso encontrá-lo?

– A sarjeta de um bêbado, ou o primeiro poste que ele encontrar. Ele pode estar em qualquer lugar, doutor.

– Certo. Amanhã apareço novamente.

– Doutor, tenho certeza que você se juntará a nós antes de você ir embora. Trabalho de formiga, se lembra? Eu sinto no seu olhar, você também faz parte desse formigueiro.

– Pode parar com essa conversa, Pedrinho.

– Você faz. Só não sabe ainda, mas faz.

Pedrinho disse com convicção de um político que depende do seu voto para vencer uma eleição. Me olhou nos olhos, segurou o meu braço e me chacoalhou. Dei um pequeno empurrão para ele se afastar de mim. E ele continuava sorrindo. Por fim, me sentei na mureta de frente para a padaria, e Pedrinho voltou com o seu pessoal para dentro do QG.

Sentindo o concreto das muretas, revia as minhas anotações, procurando algo que deixei escapar. Algo que pudesse, já naquele momento, dar prosseguimento às investigações. Pensava em teorias mirabolantes, mas as desconsiderava imediatamente, sobretudo por conta de meu pensamento crítico que nem sempre me ajudava. Pesquisei rapidamente sobre o passado do prefeito Paulo, e curiosamente, mesmo com a navegação limitada que tinha a internet devido ao bloqueio virtual, encontrei uma quantidade relevante de informações sobre o desgraçado. Nas eleições referentes ao seu primeiro mandato, aconteceu uma disputa acirrada com outro candidato que era totalmente contrário à inserção de grandes empresas na região. Áquila financiou aquela campanha de Paulo, justamente para que tivesse caminho livre para fazer daquela cidade o seu território imperial. Com o apoio massivo dos grandes empresários da região, Paulo foi sequencialmente sendo eleito pelos últimos vinte anos. No início, tinha-se alguma resistência e oposição ao seu modelo de governo. Com o tempo, a oposição foi evaporando, muito em função da gestão de pessoas implementada pelas grandes empresas que vieram para a cidade.

O "plano" descrito por Áquila começava a fazer ainda mais sentido e mostrava efetividade para os seus interesses políticos e sociais. Libéria estava desenhada de acordo com os desejos de Áquila e do seu grupo de empresários.

Destruíram sindicatos, eliminaram qualquer figura corporativa de solidariedade, e investiram de forma pesada e muito bem planejada na percepção subjetiva dos munícipes de que o autogerenciamento e a busca pela melhoria de performance e desempenho seriam as melhores virtudes que uma pessoa poderia ter.

Achei também informações sobre o seu histórico familiar. O pai do prefeito Paulo tinha se suicidado. Em relação à sua morte as informações diziam que o mesmo estava alucinando com os sussurros do Fantasma, e acabou dando uma facada contra o próprio peito. O artigo ainda afirmava que o prefeito Paulo guardava consigo a faca que teria perfurado o coração de seu pai. Talvez seja essa a faca que está sob a mesa do seu escritório.

Essas informações explicavam as reações que Paulo tinha em relação ao Fantasma e ao objetivo final da minha investigação.

Não vi o tempo passar. O dia já estava indo embora, a noite começava a surgir e a movimentação aumentava minuto a minuto. Aparentemente, os moradores de Libéria eram aficionados por balões coloridos. Não sei dizer o motivo. Talvez porque, em teoria, tudo que é colorido representasse um sentimento bom. E os sentimentos ruins são tudo o que essas pessoas querem esconder. Até onde pude compreender, para seguir fugindo do Fantasma.

Enquanto presenciava a alegria entorpecida dos moradores, realizei uma autocrítica sobre o meu trabalho. Será que era de fato o melhor investigador do Brasil? Será que conseguiria finalizar a investigação no prazo determinado?

O som ambiente aumentava exponencialmente as risadas e as conversas jogadas ao vento me perturbavam. Fotos, gravações, stories, lives e tudo o que as redes sociais poderiam fornecer eram executados em ritmo frenético. Exatamente tudo sendo efetuado sequencialmente por todos que ali estavam.

A cidade tinha uma rede social própria para os momentos de isolamento virtual. Assim como os próprios programas televisivos. A impossibilidade de se comunicar externamente parecia não os afetar. Chegou um determinado momento em que não estava mais lendo as minhas anotações, mas sim escutando as conversas fúteis e sem utilidade alguma de um cidadão qualquer que discutia quem seria o próximo eliminado do reality show da cidade.

Por alguns segundos, toda aquela barulheira sumiu dos meus ouvidos. Meu braço esquerdo começou a formigar, meus batimentos ficaram acelerados e a minha visão turva. Notei algum som se aproximando lentamente do meu ouvido, como se alguém quisesse falar comigo e eu não pudesse enxergá-lo. Até que surgiu uma voz muito próxima dos meus ouvidos, como se alguém estivesse com a boca dentro dos meus tímpanos:

– Você não é o melhor investigador do Brasil.

Fiquei atordoado, rodando em torno de mim mesmo e perguntando a todos quem foi que tinha sussurrado no meu ouvido. Quem foi? Gritava aos berros. Será que os meus comprimidos matutinos tinham perdido o efeito?

O som ambiente retornava e só conseguia escutar as múltiplas conversas aleatórias ao meu redor. Aquela voz tinha ido embora, e se parecia com o meu irmão Felício. Que feitiçaria era aquela que estava acontecendo? Confuso e com a visão embaçada, esbarrava nas pessoas, ainda tentando entender o que tinha acabado de acontecer. Até que em uma das trombadas, alguém me reconheceu:

– Doutor Roberto? – era Fabiana, ainda com a roupa de funeral, junto de seu filho Igor.

– Fabiana? O que faz aqui?

– Eu que pergunto. Você está bem? Parece que viu um Fantasma.

Estava todo desgrenhado, com a gravata frouxa e o sapato desamarrado. Fabiana estava mais calma do que eu, só que ela tinha acabado de perder o marido. Em sua mão, tinha uma carta. Parecia ser a tal da carta que Caio tinha deixado antes de desistir da vida.

Eu não iria de forma alguma entrar nesse assunto com Fabiana, a não ser que ela quisesse. Me convidou para continuar caminhando com ela e o seu filho, e eu não tinha opções melhores naquele momento. Estranhei o fato de ela já estar fora de casa, menos de vinte e quatro horas desde a morte do seu companheiro. Ela disse que era melhor assim, pois tudo em seu apartamento trazia lembranças de Caio. O que eu podia dizer? Cada um lida com o luto da sua maneira. Caminhamos até uma praça, onde Igor encontrou dois colegas de escola. Fiquei sozinho com Fabiana por alguns minutos:

– Acho justo que você saiba.

– Saiba o quê?

– Da minha história com Caio, e o que ele escreveu neste pedaço de papel.

– Fique tranquila, Fabiana. Conheci vocês ontem, poxa. Você não me deve nada, não.

– Você estava lá, não estava? Foi com você que ele disse suas últimas palavras.

Fabiana falava como se me devesse aquilo, e eu tivesse por direito a possibilidade de ler aquela carta. Confesso que estava curioso para saber o que tinha na carta do homem que vi morto e com o crânio aberto na noite anterior:

– Ontem, não conseguimos conversar muito. Aquele era o meu ritmo dentro de casa. Passava um bom tempo na cozinha. Apesar do machismo do Caio e de ele não saber fritar nem um ovo, não era por esse motivo que gastava tanto tempo naquele cômodo. A verdade é que eu gostava. Era o meu refúgio.

Não é isso. Não me refugiava de Caio, apenas. Mas de todo o mundo. Nunca fui muito chegada em gente. Sou do silêncio, o barulho me incomoda. As pessoas podem até tentar conversar com você quando se está cozinhando, mas a conversa é curta e objetiva, pois você está prestando atenção em muita coisa ao mesmo tempo. Sem conversa fiada. E cá entre nós, me parece que você também não é fã de conversas sem utilidade.

Igor conversava com os seus amigos, esquecendo um pouco do luto e da perda do pai. Fabiana parecia à vontade para falar sobre a sua vida com Caio, e na situação em que eu estava, qualquer nova informação seria relevante. Fabiana dizia tudo com a voz embargada e bem triste. Parecia que seria melhor se ela não falasse tudo aquilo naquele momento. Mas ela seguia, como se tivesse que fazer isso. Como se fosse uma espécie de missão seguir me contando a sua história:

– Mas nem sempre fui dona de casa. Trabalhei durante anos em uma empresa ligada à Zeitgeist, prestando consultoria em tecnologia da informação. Nossos principais clientes eram as empresas relacionadas a serviços essenciais da cidade. Água, luz, internet. Esse tipo de coisa que se a gente ficar sem, dá merda em um monte de lugar.

O trabalho não era fácil. Os empresários do setor eram respaldados pelo Áquila, fazendo com que naturalmente estivessem isentos de quaisquer criticas da opinião pública. Engraçado que existe um mito sobre a eficiência de gestão da iniciativa privada, não é? Até hoje não entendi no que essa falácia se baseia, porque a quantidade de gente incompetente com quem já trabalhei no mundo corporativo é um crime contra a sociedade.

Principalmente nesses setores de serviço essencial, viu? Sem concorrência, com privilégios governamentais e de legislação. Uma festa danada. Dizem que o serviço público é ruim, privatizam e fica ainda pior. Pedem meia dúzia de empréstimos e depois voltam para as suas matrizes europeias com o rabinho entre as pernas dizendo que vão investir em qualquer abobrinha que passar pela cabeça do *cíou*.

Isso, exatamente. Como o próprio Áquila disse, gestão baseada no caos. E isso, progressivamente, foi me adoecendo. Cheguei a ter momentos em que não sabia exatamente se fui para casa no dia anterior, ou se dormi no trabalho. Era como se eu tivesse perdido as memórias sobre quem eu era fora daqueles prédios corporativos. Trabalhei por dezoito, vinte horas seguidas no escritório. Inúmeras vezes. Tive crises de ansiedade, assim como a maioria dos meus colegas.

O ápice do desespero foi durante o fim da minha gravidez. Dez horas antes do nascimento do Igor, estava eu respondendo e-mails e atendendo ligações. Por causa disso, não pude ter o parto normal. Para piorar, durante todo o resguardo, essa gente ficou me contatando para quaisquer dúvidas que tivessem. Só faltavam perguntar como eu amarrava o meu cardaço.

A minha licença maternidade não foi cumprida em momento algum, e depois de alguns poucos dias de retorno ao trabalho, desenvolvi síndrome do pânico. Minha mão começou a tremer e cai dura no chão do escritório, em posição fetal. Foram mais três meses de licença médica, no qual eu mal conseguia amamentar o Igor.

Sim, o Caio ficou sobrecarregado. E piorou ainda mais, pois fui demitida logo após a licença médica. Concordo, doutor, não poderiam fazer isso. Mas fazem até com certa frequência aqui na cidade. Consegui algum valor simbólico na justiça, mas o estrago já estava feito.

Fiquei totalmente doente e sem conseguir trabalho devido à minha síndrome do pânico. Tive ideias ruins, doutor, daquelas que te fazem achar que a sacada do apartamento não é tão alto assim. Daquelas que te fazem pensar se a quantidade de comprimidos que você tem na gaveta de remédios, é o suficiente para tomar, dormir, e não acordar mais.

Correto, já era o Fantasma me indicando estas ideias. Estava em sofrimento, e ele se apossou dos meus pensamentos. Depois que tive ajuda profissional, estas idéias se afastaram e agora se parecem com memórias distantes de algo que aconteceu com outra pessoa.

Sim, eu tinha conhecimento sobre o que Fabiana sentia. Antes de ter ajuda profissional, também convivi com pensamentos ruins e também me questionei se essa era a única forma de escapar do sofrimento. Se iniciou logo após o término com Sheila e chegou ao estopim durante os meus piores dias de alcoolismo. Dias que ficam tatuados em nossa memória.

– É mesmo, doutor? Bom, então parece que você é o cara ideal para investigar o Fantasma. Depois que me recuperei, pude experimentar algumas coisas. Das quais, provavelmente, eu nunca experimentaria. Não era a minha intenção trabalhar com consultoria, sabe? Eu sempre gostei de pintar, tenho um certo dote artístico.

Então comecei a pintar alguns quadros e vendê-los. Os primeiros quadros, meus amigos compraram para dar aquela força. Depois, comecei a vender aqui e ali, sem muita obrigação de atingir uma meta, já que a renda total da nossa casa vinha do salário do Caio.

Agora, até ganho uma grana boa. Fico pensando, sabe doutor? O que as pessoas poderiam ter sido se não tivessem a necessidade gritante de conseguir o básico? Eu tinha perdido a minha saúde, e o básico já era providenciado pelo Caio. Pude arriscar e fazer alguma coisa que realmente queria. Me diga doutor, você gosta do que faz?

Podemos dizer que gosto, sim. Mas, se eu pudesse, teria sido escritor. Só que essa possibilidade, nunca esteve ao meu alcance. Como posso dizer, parece que as experimentações da vida são exclusivas de quem tem berço de ouro. Para o resto, como para mim e Fabiana, a gente precisa de grana, não dá para experimentar muita coisa não.

– Essa sobrecarga que joguei para Caio, mesmo que não fosse culpa minha, acabou estremecendo a nossa relação. Ele foi ficando cada vez mais cansado para manter o nosso padrão de vida. E pessoas cansadas, doutor, estão em suas piores versões.

Era evidente que o "plano" de Áquila foi bem-sucedido para o que se pretendia. Ele continuava a lucrar de forma exorbitante, enquanto deteriorava as relações sociais entre os munícipes através de sua gestão caótica baseada na multiplicação do sofrimento e da ideia compensatória como a única opção de felicidade existente. Caio e Fabiana tiveram suas vidas destruídas, mesmo que tivessem certo padrão social confortável.

Me identificava com essa situação. Sofrer e chorar confortável em nossos sofás de coro sintético assistindo a qualquer porcaria em nossos televisores *quatro cá*. Entretanto, até aquele momento, não entendia em qual momento o fantasma entrava nessa história:

– Caio e eu deixamos de nos amar. Depois que a minha situação se agravou, ele passou a viver no trabalho. A verdade é que eu já era viúva há um bom tempo. Existem mulheres, doutor, que são viúvas de homens vivos. Era o meu caso.

Casamos por causa do Igor, por exemplo. Engravidei, e nos casamos. O engraçado, doutor, é que eu era uma pessoa que dizia que nunca teria filhos, em hipótese alguma. Para mim, a vida era mais anticoncepcional do que qualquer remédio. Digo, existiam dias anticoncepcionais no Brasil, e ficamos em um *looping* desses dias a partir de 2015 até sei lá quando.

O que quero dizer? Ora. Há dias em que olhava para a situação do país, e perguntava para mim mesmo no quão egoísta eu precisava ser para gerar alguém que teria a difícil missão de lidar com toda essa merda que temos lidado há tanto tempo.

Mas, em algum momento, a vida melhora um pouco e deixamos de ser precavidos. Me lembro exatamente de como isso aconteceu. Tínhamos um casal de amigos que queria ter um filho, e estavam tentando. Até que conseguiram, e ficamos muito felizes. Não queríamos ter filhos, não era um objetivo para nós naquele momento. Só que certa vez, após uma noite de pizza e conversas sobre gravidez, senti que Caio ficou interessado na possibilidade de ser pai. Eu também gostei da ideia, da possibilidade do meu filho crescer junto do filho de um casal de amigos tão querido que nós tínhamos.

Foi somente uma noite, doutor. Uma noite com a ideia de sermos pais. Foi o suficiente. Sempre fazíamos sexo com camisinha, mas naquela noite não usamos. Com aquela desculpa esfarrapada de que a gravidez não aconteceria, mesmo com a grande probabilidade de isso ocorrer. Me lembro até hoje, daqueles poucos minutos do ato sexual, da nossa irresponsabilidade. A caixa de camisinha estava na cabeceira da cama.

Comecei a ficar um pouco desconfortável com o relato de Fabiana. Além de ser muito íntimo, inicialmente não ajudaria em absolutamente nada na minha investigação. Minha expressão facial já começava a denunciar a minha insatisfação, e Fabiana se antecipou:

– Mas doutor, não falo sobre isso em vão. Sei de suas intenções na cidade, e sua busca pelo Fantasma. Minha história chegará nele, e será de seu interesse. Depois daquela noite, me arrependi profundamente. Ele também se arrependeu. Mas já estava feito.

Depois de tudo o que passei com a minha saúde mental e a minha busca frustrada por retorno ao mercado de trabalho, fiquei mais suscetível aos eventos fantasmagóricos.

Em uma dessas madrugadas que o Igor estava pendurado no meu seio, sentada em uma cadeira e tirando breves cochilos, tive o meu primeiro sussurro. Aquela voz dizendo que eu não deveria ter tido um filho com um homem que não amo. Eu conhecia aquela voz. Era a voz do meu primeiro namorado, o único homem que já amei. O homem com quem eu deveria ter me casado. Eu não sei o motivo do sussurro que escutei ter a voz do Sérgio.

É uma informação importante, doutor. A voz do sussurro é diferente para cada um que escuta. Caio escutava a voz do seu pai, eu escuto a de Sérgio. Já ouvi dizer que alguns escutam a própria voz. Imagino que essa informação seja relevante para a sua investigação. Certo, doutor?

De fato, aquela informação era importantíssima, e deixava a investigação ainda mais confusa. Se as vozes eram múltiplas, então o Fantasma poderia ser pessoas diferentes? Uma organização criminosa com diversos integrantes? Mas como eles fariam isso? Como eles conseguem, por exemplo, fazer com que eu receba um sussurro em meus ouvidos com a voz do meu irmão?

Quando ela mencionou sobre Sérgio, o seu primeiro amor, imediatamente me recordei de Sheila. Não casei com outra pessoa como fez Fabiana, mas também larguei o meu primeiro amor em busca de um objetivo ousado demais para uma vida: ser o melhor investigador do Brasil. Só alguém tão presunçoso como eu para elaborar uma meta quase inalcançável dessas.

Quando me reconheci como alcoólatra, não apenas comecei a frequentar grupos de apoio como também fui em todos os médicos possíveis para recuperar um pouco de vitalidade que a bebida tinha me tirado. Recebi a recomendação de procurar um terapeuta. Mesmo negando a recomendação, me foi dito que a terapia me ajudaria muito, não apenas com o vício, mas também com todas as questões da vida.

Fiz sessões por mais de seis meses. A partir do segundo mês, basicamente permaneci em conversas que não saiam do lugar. O terapeuta insistia que eu não sabia lidar com o que tinha acontecido comigo durante a infância. Quando descobri que era um queimadinho, por assim dizer.

Eu permanecia negando, e sempre dizia que já tinha superado essa questão racial na minha vida. Mas a verdade é que isso era insuperável. Volta e meia, lembranças daquela época retornavam à minha mente e me faziam lembrar do quanto aquela situação moldou a minha personalidade.

Aquelas novas informações – em conjunto com as lembranças da minha infância e de Sheila – me deixaram visivelmente perturbado. O formigamento do braço esquerdo novamente vinha à tona, fazendo com que ficasse aflito e com medo de novos sussurros acontecerem. Continuei a conversa com Fabiana para fugir de um novo sussurro:

– Se os sussurros continuaram? Claro. O sussurro está à espreita de todos os moradores de Libéria. Esse comportamento nada comum que você deve ter estranhado, das ruas estarem lotadas no meio da semana, das pessoas rirem sem ter uma piada, dessa busca doentia em sempre ter algo para fazer. Tudo isso, doutor, nada mais é do que uma fuga dos sussurros. Uma fuga enlouquecida.

Não, nem todos são assim. Cada um tem sua maneira para se afastar dos sussurros. Falei no início da nossa conversa que passo o dia cozinhando, e para mim resolve. Mas tem um momento em que ninguém consegue escapar de um sussurro. É quando a nuca bate no travesseiro, naquele instante em que olhamos para o teto e refletimos sobre as últimas vinte quatro horas e as próximas.

Jeito? Jeito não tem, não. Mas tem como burlar os sussurros, para que não venham antes de dormir. Bebidas alcoólicas funcionam. Não que precise ficar bêbado, mas somente que os sentidos fiquem mais lentos. Sabe quando você toma uma taça de vinho no fim da noite, e parece que o tapete da sala se tornou uma nuvem? Como se estivesse flutuando?

As pessoas buscam essa sensação durante as noites, e depois vão dormir. Bebidas são o mais comum, mas qualquer coisa que provoque entorpecimento, serve. Drogas lícitas ou não, está valendo tudo o que te tire do senso da realidade. Não à toa, os supermercados colocam caixas de cerveja ao lado dos pacotes de fralda.

Você se lembra da pandemia, doutor? A gente teve que fechar os bares, como se as pessoas não soubessem que não deveriam ir em locais públicos durante uma crise sanitária. Acredito que naquela época um problema agravou o outro.

A fuga em relação ao Fantasma impedia que as pessoas ficassem em suas casas e respeitassem a quarentena. Tem gente que prefere morrer do que escutar os sussurros. Não se pode tirar aquilo que faz as pessoas delirarem, se entorpecerem de suas vidas. Às vezes, doutor, me parece que a vida seja isso: obrigações e delírios.

Obrigações e delírios. Passei a entender os moradores de Libéria, e, de alguma forma, a me identificar com eles. Afinal, o que estava buscando quando me sentava em meu escritório e começava a beber doses de uísque se não uma boa cota de delírio antes de ir dormir?

Assim como os moradores, se eu pudesse, estaria delirando a todo momento. Mas são as obrigações, aquelas que fazem com que criemos hábitos e deixam o nosso comportamento mais sistêmico possível, que nos tiram do delírio. Tenho a impressão de que os delírios de nada serviriam sem as obrigações para comprimir as nossas almas. De que serviria o final de semana, se o restante fosse agradável? De que serviria as férias, caso não tivéssemos que trabalhar? De que serviria uma boa taça de vinho no fim da noite, se o dia tivesse sido leve e reconfortante?

– Disse que te devia satisfações em relação a esta carta, e é verdade. Não por mim, mas pelo que Caio escreveu. Além do mais, você foi a última pessoa que teve contato com ele em vida. Imagino que seja um direito seu saber o que motivou Caio a tomar essa decisão. Tome, doutor. Pegue e leia. Fique à vontade.

Fabiana deu a carta de suicídio de Caio em minhas mãos, e molhei aquele pedaço de papel com o meu suor. Não tinha notado que estava suando tanto. Engraçado que começamos a suar mais quando percebemos que já estamos suando. Aquele calafrio no braço esquerdo voltava, e o som do mundo ia diminuindo como se o vizinho da cidade de Libéria tivesse reclamado para Deus que o som estava alto demais. Comecei a minha leitura da carta de Caio:

"Comecei a escrever isto já faz algum tempo, pois não é de hoje que procuro uma saída. Por mais que eu tentasse fugir, os sussurros sempre me lembravam da pessoa que tinha me tornado. As semelhanças que tenho agora com o meu falecido pai são perturbadoras, mas ao menos pude entendê-lo depois de tanto tempo. Agora me entendo, e entendo ele também.

Fabiana, você me lembrou a minha mãe. Mas a lembrança foi ruim, pois você me lembrou a tristeza e subserviência que ela tinha com meu pai. No instante seguinte, me lembrei daquilo que nos tornamos depois de sua morte. Nos libertamos. Passamos a experimentar a vida.

Desisto da vida não só para fugir do Fantasma, mas para também dar a vocês a liberdade que um dia eu já tive. Aproveitem. Desejo a vocês um luto breve, e uma felicidade eterna. E me prometa: não deixe que o Igor se pareça comigo, assim como me pareci com o meu pai."

Aquela carta era demais para mim. Fiquei visivelmente perturbado e sem saber o que fazer com o turbilhão de emoções que tinha sido arremessado em meu coração. Tudo me colocou em uma situação de vulnerabilidade que não me recordo de ter vivenciado em momento algum da vida.

Estava ali, em uma cidade que eu não conhecia e totalmente despido emocionalmente. O meu buço estava com suor, assim como a testa e o pescoço. A respiração pela boca, olhos avermelhados.

Fabiana notou a agitação, e se preocupou com a minha condição. Igor voltou, e ela perguntou mais uma vez se estava tudo bem, e se eu não precisava de alguma coisa. Disse que não, e que voltaria para o hotel. Devolvi a carta de Caio, e fui embora sem que entendessem o que estava acontecendo. Estava completamente perturbado.

Caminhei para o hotel, e era como se estivesse sozinho mesmo com a multidão à minha volta. Não conseguia escutar nada, meus ouvidos estavam tampados como se tivesse pulado de cabeça em uma piscina. O arrepio no braço não diminuía, e escutava de longe uma risada. Olhava para todos os lados, e não via ninguém gargalhando. Assim como a voz do sussurro, aquela gargalhada era do meu irmão. Por que o meu sussurro estava associado ao Felício? Aquilo aumentava o meu desespero.

As pizzas se formavam debaixo do braço. As gotas de suor começam a carimbar o chão como rastro da minha perdição. Se o Fantasma fosse um vírus, estava oficialmente infectado. E assim como uma doença, após o surgimento dos primeiros sintomas as coisas pioram. Definitivamente, os meus comprimidos não faziam mais efeito.

Finalmente cheguei no hotel, peguei a chave do quarto com Miguel, que por sua vez ficou me encarando e imediatamente notou o meu estado. Rufus e Antônio, os ditos seguranças, foram chamados para me acompanhar até o quarto caso estivesse passando mal. Recusei.

Não dei chance de conversa,. Na verdade, Miguel disse algumas palavras, que para mim pareciam balbucios devido aos sussurros que dominavam os meus ouvidos. Entrei no elevador, e continuei escutando a gargalhada do meu irmão. Bem distante e baixa, como se ele estivesse escondido por aí e rindo de mim.

Abri a porta do quarto com violência, como se ali dentro fosse o meu porto seguro. Por que imaginei isso? Estava me colocando em uma prisão. Foi quando entendi que na fuga do Fantasma, qualquer lugar é uma masmorra. Não há escapatória. Quer dizer, na verdade há, e foi dessa maneira que Caio e tantos outros moradores da cidade escaparam.

A risada de Felício me perseguiu pela noite. Tentei fugir ao iniciar o escopo do meu dossiê sobre o Fantasma, mas toda vez que transcrevia uma argumentação sobre o caso, os sussurros se intensificavam. A risada de Felício se aproximava cada vez mais. Não iria demorar para que um novo sussurro acontecesse. Estava com a boca seca, e abri o frigobar para pegar uma garrafa de água. Lá estavam todas aquelas bebidas que rejeitei durante os dias da minha estadia. Me recordei do que Fabiana disse, sobre os delírios e o consumo de bebidas alcoólicas para afastar os sussurros.

Sete anos sem uma gota de álcool em minha boca. Sete anos. Mas era a minha única alternativa, e pensava que um copo de uísque não me faria mal. Abri a garrafa e senti aquele cheiro que há anos não passava nem perto das minhas narinas. A boca encheu d'água.

Me servi e bebi um copo de uísque como se fosse um *shot* de tequila. Esperei por alguns minutos, mas a risada de Felício ainda permanecia. Um pouco mais distante, mas ainda estava lá. Talvez fosse pela minha alta tolerância a bebidas alcoólicas, devido aos anos de alcoolismo. Por fim, decidi consumir a garrafa toda.

Finalmente senti as nuvens sob os meus pés. Meu irmão sumiu. Coloquei a cabeça no travesseiro e nada ocorreu. Estava completamente bêbado, me sentindo como uma pena.

Comecei a fechar os olhos e imaginei um passeio de barco com Sheila, em uma ilha caribenha qualquer. Às vezes conversávamos sobre o desejo de ver o azul turquesa do Caribe, em alguma viagem no futuro. Sei que nem eu, e nem Sheila, estivemos sequer próximos de ver os mares caribenhos. O mais perto que cheguei foi quando fui para a Colômbia para dar uma palestra. Era um sonho apropriado, já que não tinha possibilidade alguma de acontecer. Apaguei.

QUARTA-FEIRA – DIA 04

Levantei sem o despertador, achando que acordei cedo e que estava adiantado para o início do dia. Uma baita dor de cabeça e um grande arrependimento. A camareira batia na porta, mas ela só fazia isso próximo às onze da manhã. Droga! Já eram onze horas, estava atrasado.

A minha informação era de que Seu Eduardo ficava na frente da padaria até meio-dia, então tinha que me apressar. Morria de sede por causa da ressaca, e ao pegar uma garrafa de água no frigobar, notei que tinha bebido não uma, mas duas garrafas de uísque.

Troquei de roupa o mais rápido possível, lavei as axilas na pia do banheiro. Banho não ia rolar, então limpei as minhas partes com o sabonete espuma e fui embora. Não tinha tempo nem para esperar o elevador do hotel, desci correndo pelas escadas e com uma garrafa de água nas mãos.

Os ponteiros do relógio apontavam para onze e quinze, mas eu não dava para arriscar não encontrar com o Eduardo. A minha vontade era de estar na frente da padaria às nove horas da manhã. Topei com Miguel novamente na recepção, sempre por ali com a sua expressão sarcástica. Dessa vez, ele disse algo que me surpreendeu:

– Pensei que você nunca ia experimentar aquelas bebidas.

– O quê? Você está falando comigo?

– Sim. O Seu Áquila disse que uma hora ou outra você iria ceder.

– Ceder o quê?

Como resposta, Miguel fez um sinal como se estivesse virando um copo. Dando risada, zoando da minha cara. Ele sabia que eu tinha bebido. E aparentemente, de alguma forma, também sabia que era alcoólatra. Fiquei incrédulo com aquela nova informação, enquanto olhava fixamente para Miguel.

Mesmo sem dizer nada, Miguel já começou a tagarelar como se quisesse não dar possibilidade para que eu falasse:

– Nunca fui recepcionista deste hotel. Áquila me contratou para te vigiar, e ficar de olho em você. Por isso que estou sempre aqui, e em todos os horários. Só o seu quarto que tem aquela quantidade grande de bebidas. O Seu Áquila descobriu que você é chegado numa "marvada", não é? Fizemos até uma aposta de quando você sucumbiria. Eu pensei que seria no primeiro dia. Seu Áquila apostou no fim do terceiro dia, e foi certeiro. Ele sempre acerta tudo, é impressionante.

Miguel disse isso de forma jocosa e sorrindo aos quatro cantos. Eu não estava bem, de ressaca e com o corpo dolorido. Mas achei que ainda tinha forças suficientes para dar um murro muito bem dado naquele infeliz. Não me lembrava da última vez que tinha brigado na minha vida. Já fazia mais de vinte e cinco anos, no mínimo.

As lembranças da minha adolescência e o sorriso escancarado na cara daquele sujeito fizeram eclodir em mim uma raiva incontrolável. Dei um *jab* sutil na ponta do nariz de Miguel, só para o sangue escorrer das suas ventas.

O melado desceu. Instintivamente, colocou as suas mãos no nariz, o que me deu caminho livre para um soco na boca do estômago. Miguel caiu no chão. Não iria socá-lo mais, não tinha a necessidade, aquela luta já tinha sido ganha. Até que Rufus e Antônio me seguraram, cada um em um braço. Que merda era aquela? Vai ver eles eram os irmãos mais velhos do Miguel. O infeliz se levantou sorrindo, e limpando o nariz ensanguentado:

– Rufus e Antônio estavam na sua cola. Te vigiam assim que você sai do hotel. Passam informações para o Seu Áquila de onde você esteve. Sabemos tudo sobre você, doutor. O Seu Áquila tem tudo sob controle.

Miguel se aproximava enquanto proferia essa declaração, que até então era bombástica para mim. Foi por esse motivo que nos dias anteriores achei que tinha visto Rufus almoçando na padaria "Sem Pressa". Estava sendo seguido e vigiado por Áquila durante toda a minha estadia na cidade.

Levei muitos socos da dupla e, em seguida, fui jogado na calçada. Rufus e Antônio tinham o dobro do meu tamanho. Depois descobri que aqueles três eram funcionários de Áquila de longa data. Formalmente, seguranças. Informalmente, executores de todo tipo de trabalho sujo que o seu empregador precisasse.

Com a bunda ainda no chão, olhei para o meu relógio e ele marcava onze e meia. Gastaria por volta de dez minutos de caminhada até a frente da Zeitgeist, então não tinha outra opção a não ser seguir a minha jornada. Ainda tinha que descobrir os meios que Miguel conseguia me vigiar dentro do quarto, mas teria que deixar para mais tarde quando retornasse para o hotel.

Comecei a andar em direção à Zeitgeist e vi Rufus e Antônio me seguindo, bem de longe. As minhas condições não eram adequadas. Lábios rachados como se tivesse há três dias sem tomar água. Muito mal arrumado e com algumas escoriações após a surra que tinha acabado de levar.

Fui me aproximando da Zeitgeist, perto das onze e quarenta e cinco, e vi que tinha alguém recolhendo alguns quadros na frente da padaria. Com vestes de trapo, então poderia ser o Seu Eduardo.

Cheguei perto, com o andar meio manquitola, e percebi que de todas as pessoas que estavam próximas ao Eduardo, eu era o mais parecido com ele. Estava só o trapo também. De longe, Pedrinho Revoltado me cumprimentava com um grande grito que chamava a atenção de todos. Rufus e Antônio continuavam fiscalizando os meus movimentos. E a essa altura do campeonato, já imaginava que o prefeito Paulo e o Áquila sabiam que o "atacante" do time deles estava de conversa com o técnico adversário. Me aproximei mais um pouco do Eduardo, e o toquei nos ombros para iniciar uma conversa:

– O que é isso maluco, quem é você? Tá me tirando, rapaz? – reagiu Eduardo, me indicando que ele tinha um parafuso a menos na cabeça.

– Calma, só quero conversar com você por alguns minutos. Coisa rápida.

– Estou brincando contigo, doutor. Sei bem quem você é. – disse Eduardo, dessa vez com um grande sorriso.

Soube de mim através de Pedrinho, assim como o meu interesse no Fantasma. Afirmou prontamente que tinha muito a dizer sobre o evento fantasmagórico da cidade e as suas manifestações (sussurros). Estava entusiasmado para falar. Aliás, ele me parecia ser do tipo de pessoa que está sempre pronta para discursar sobre o que for. Apesar de todos os problemas que enfrentei nas últimas horas, me pareceu que Eduardo não iria criar mais um:

– Você está meio maltratado hoje, não é doutor? Bom, já estive nesse estado também. Você pode ver as minhas roupas simples e achar que estou na pior, mas estou na minha melhor fase. É doutor, isso mesmo. Na melhor fase da minha vida.

Já fui como o senhor. Cheio de responsabilidades, achando que o mundo girava em torno do meu umbigo. Mas calma, não é nada contra o senhor não, viu? É que todos nós achamos que somos importantes demais. Especiais, com a dádiva da vida e aquela conversa fiada. Somos pequenos e irrelevantes, doutor.

Minha história? Fui um garoto de classe média alta, muito bem abastado e fornecido das melhores coisas que os meus pais poderiam me dar. Grande competidor, mas nunca gostei de competir. No futebol, era lateral. Poderia ter sido meia ou atacante, mas preferi ser lateral. Por quê? Lateral não faz gol. Lateral que começa a fazer gol deixa de ser lateral e vira ponta de lança. Nunca gostei de fazer gol. Doido isso, não? A cara de frustração do time adversário com o gol me deixava abatido. Então decidi ir para a lateral. Mas olha, um puta de um lateral, viu. Como é que chamam nesses programas esportivos? Lembrei! Coadjuvante de luxo. Desempenhava o meu papel muito bem, colaborava com a vitória, mas não era de mim que o adversário iria lembrar por frustrar os seus objetivos, entende?

Me lembro de ter disputado um campeonato no interior, quando tinha uns dezessete anos. Nem jogador de futebol eu queria ser, para falar a verdade. Era final, jogava pelo time de Libéria e enfrentamos um time pequeno lá do interior do Ceará. Era a oportunidade daquela molecada de ser contratada por um time de maior visibilidade e se tornar jogador de futebol.

O placar estava um a um, quarenta e cinco minutos do segundo tempo. Me passaram a bola, driblei um e chegou outro na cobertura. Eu só tinha a opção de sentar o pé nela e a bola ir para a arquibancada. Rapaz, acertei a bola na gaveta. Golaço. Ganhamos o campeonato com um gol meu, mas quando vi o desespero daquele time humilde que tinha vindo de ônibus do outro lado do país, fiquei triste. Perdeu a graça. Eu tirei o sonho daqueles indivíduos, e eu nem queria tanto aquilo. Estava apenas envolvido pela competição. Desde aquele dia, não quis competir novamente.

Me recordei imediatamente de uma situação que passei quando tinha dez anos. Estava na quarta série, e os únicos momentos em que me sentia confortável se passavam na quadra de futebol. A gritaria pelo meu apelido de "queimadinho" só tinha uma conotação positiva nos berros solicitando passe ou nas comemorações dos gols que fazia.

Jogava bem. Muito bem, para falar a verdade. Era um dos melhores do time. Estávamos nos preparando para participar do torneio municipal entre as escolas da cidade. O esquema tático do time foi todo baseado em mim. O professor Marquinhos. de Educação Física, queria muito ganhar aquele torneio. Dane-se que éramos apenas crianças de dez anos de idade. Isso não importava. Ele só queria ganhar o torneio. Lembro de ele falar palavrões a torto e a direito, me chamando de "queimadinho" a todo momento. A pressão foi tão grande em cima de mim que fiquei com febre a noite toda e não consegui jogar no dia seguinte. Deixei o time na mão.

Ainda me recordo das náuseas que tive durante aquele dia, e a frustração posterior por não conseguir competir naquele jogo. Mas fiquei feliz por arrebentar com o esquema tático do professor Marquinhos. Até hoje não digeri muito bem o que ele fez comigo naquele dia.

O relato do Seu Eduardo deixava evidente os motivos pelos quais ele era a favor do Fantasma. Pude notar uma semelhança entre todos aqueles que eram a favor: detestavam competição. Tanto a competição física dos esportes, como a competição subjetiva que estabelecíamos entre os nossos semelhantes na sociedade. Toda e qualquer forma de competição era repudiada por aqueles que se consideravam a favor do Fantasma.

Dei andamento à conversa com Eduardo, perguntando mais detalhes sobre as suas experiências fantasmagóricas:

– Veja, doutor. Até aquele momento, o Fantasma ainda não tinha se manifestado. Até parei de jogar futebol. Nunca mais encostei em uma bola de futebol depois daquele dia. Estive longe de todo tipo de competição esportiva.

Jovem e ingênuo, doutor. Achei que a competição era só esportiva, pobre de mim. A competição estava em todo lugar. Na vaga que consegui na faculdade, nas notas que deveria obter para ter mais chances em um estágio, nas atividades do trabalho para ser elegível a uma promoção. A competição estava exatamente em tudo, doutor. Até nas relações subjetivas, em que não deveria ter competição.

E foi aí, doutor, que acabei tendo a minha primeira experiência com o Fantasma. Você se lembra da pandemia, não é? Sim, todos nós lembramos. Com a inconsequência da população e com as milhares de mortes que tínhamos diariamente, foi naquele momento que compreendi o preço que a competição cobrava em nossas mentes.

A pandemia exigia sacrifícios. Os sacrifícios exigiam solidariedade. A competição aniquila a solidariedade. Acaba com o princípio fundamental de cidadania, que, a meu ver, é a solidariedade. Não éramos solidários, tampouco somos agora.

Doutor, a nossa cidadania é baseada na ideia de competição entre pares. Competição com os seus semelhantes, doutor!

Foi com essas ideias na cabeça, adicionado ao fato de estarmos tendo milhares de mortes por dia, que os meus sussurros se iniciaram. Não sei o motivo, mas meus sussurros eram mais agressivos. Não conseguia escapar! Até que cinco dias depois do primeiro sussurro, já estava planejando o meu suicídio.

Não sei, mas imagino que o que deixava os meus sussurros tão agressivos era a minha insatisfação com essa competição desenfreada e irresponsável que está nas almas e corpos de todos nós. E por tanto tempo, doutor. Tempo demais. Me lembro de elencar para mim mesmo duas opções para sair daquela tormenta: me matar ou me tornar um louco. Obviamente, como vê, escolhi a segunda opção (risos)!

Vamos lá, doutor, raciocine comigo. Os loucos abrem caminhos que mais tarde serão percorridos pelos sábios. E me diga, o que é ser louco? A loucura é estar fora da conformidade social. E a conformidade social é, infelizmente, se digladiar com o próximo por recursos que são abundantes, mas que na verdade estão acumulados nas mãos de poucas pessoas.

Não, doutor, não é isso. A loucura não vai te afastar do Fantasma. Vai te levar para o hospício, com certeza. O que a minha loucura me deu, o que a minha inconformidade exaustiva com as pessoas me trouxe, foi a mudança de hábitos a todo momento. Doutor, eu não tenho casa. Toda noite durmo em um bairro diferente desta cidade. Não tenho trabalho. Minto. O meu trabalho é fazer arte com os meus quadros e espalhar um pouco da minha loucura por aí. Não compito com ninguém. Exerço a minha solidariedade todos os dias, e sigo vivendo. Você já deve ter escutado por aí meios de escapar do Fantasma, mas nenhuma é verdadeira. A verdadeira forma de escapar do Fantasma é praticar a solidariedade. É isso o que ele quer de nós, doutor. É isso.

Tinha a expectativa de encontrar com um louco, e talvez tenha sido atingida. Só não achei que encontraria com alguém tão articulado e argumentativo daquela maneira. Inclusive, me dando informações adicionais sobre o Fantasma, das quais ainda não tinha conhecimento. A questão da solidariedade, mesmo que parecesse apenas uma ideia de Eduardo, de fato era algo que ele tinha em comum com o Pedrinho Revoltado.

O conceito de competição argumentado por Eduardo naquele momento seguia encaixando algumas pontas soltas que tinha em mente. Se a frustração era o principal fator para eclodir o surgimento dos primeiros sussurros, agora eu tinha a minha resposta sobre o motivo de todos da cidade ficarem frustrados incessantemente. Era a competição. A rotina de competir e desejar ser o melhor de todos sempre encontrará frustração em alguma medida. Isso porque, em todo caso, sempre haverá um indivíduo qualquer que é melhor do que nós na atividade que exercemos. Percebi que assim como os moradores de Libéria, estive correndo para o encontro do Fantasma durante toda a minha vida. Querendo ser o melhor investigador do Brasil, competindo comigo mesmo para ser mais produtivo. Uma hora ou outra iria me frustrar. E parece que a frustração estava surgindo agora, justamente nessa investigação.

A impressão que tinha até aquele momento era que estava investigando a mim mesmo durante a corrida para encontrar o Fantasma. A cada pista que me levaria a ele, na verdade estava me levando de encontro a alguma lembrança do meu passado. E, por si só, aquela lembrança faz com que reverbere pensamentos e situações mal resolvidas que por muito tempo escondi no fundo do meu baú cognitivo:

– É isso mesmo, doutor! Está pensando perfeitamente, não pense o contrário. Exerça a solidariedade com o próximo e o Fantasma não irá te atazanar. Sabe por que moço? É isso o que o Fantasma quer, que pratiquemos a nossa solidariedade. Quanto mais escapamos disso e nos aproximamos do ciclo da competição em que estamos, mais ele sussurrará em nossos ouvidos.

Tem gente que quando falo isso, me vira e diz assim: 'Eu cuido da minha mãe, trato bem os meus filhos'. Oxe, amigão, isso aí é a sua obrigação. Não viaja, não. Ah, mas tem gente que não cuida dos pais e nem dos filhos. Moço, esse tipo de gente aí nem o diabo quer. Conhece o nosso querido prefeito Paulo? Conhece o megaempresário Áquila? Pois é. O Fantasma passa longe dessa gente. O Fantasma só sussurra para quem ainda dá para recuperar, disso eu tenho certeza.

Eu estou falando, doutor, é de boas ações sem julgamento moral. É de solidariedade sem selfie, sem publicação. É de solidariedade sem benefício próprio. É disso que estou falando, cacete!

Toda essa gama de informações fornecidas por Eduardo colocavam em xeque a minha própria moralidade perante a atividade profissional que exercia. Sempre me convenci que as minhas investigações eram atos de solidariedade às vítimas, mas se o Fantasma sussurrou em meus ouvidos ontem a noite, é porque tudo isso é uma mentira.

Era difícil acreditar que aquilo tudo era uma farsa, pois tratava-se da minha verdade. A verdade da minha vida. Mas até então, já era de minha ciência que uma mentira contada várias vezes em algum momento se torna verdade absoluta. Estaria eu na carreira investigativa para entender e ajudar as pessoas ou para fugir daqueles que sei que nunca entenderei? Estaria fugindo da minha mãe? Do Felício? Da Sheila?

Encadeado naquele momento, aquele ato reflexivo era similar ao que tinha ocorrido comigo na noite anterior. Antecipou os sussurros, e sabia onde aquilo iria dar. Então avancei na conversa com o Eduardo, e me concentrei sobre o enigma da frase "quem me viu, foi aquele que ainda não me viu". Veria se naquela loucura racionalizada de Eduardo ele poderia me ajudar com alguma nova pista de quem seria o homem que viu o Fantasma naquela cidade:

– O quê? Não faço ideia do que isso quer dizer. Que doideira, vai ver esse velho tirou uma onda contigo. É bem provável. Mas pelo menos, você chegou até mim, o que deve ter te servido de algo.

Homem que viu o Fantasma? Não sei disso, não. Mas se eu fosse chutar alguém, com certeza seria o Caquinho. Pessoa mais solidária que eu já conheci na vida. Claro que você sabe quem é. Eu vi você conversando com o Pedrinho, ele deve ter comentado. Ele fundou com o Caquinho os Revoltados do Fantasma. Isso, ele mesmo. O chamamos de Caquinho, porque o Caco original é o pai dele.

Sei onde moram, claro que sim. Na casa azul da Zona Morta. Não, você está enganado. Obviamente você não conhece a Zona Morta. Não existem muitas casas coloridas por lá."

Minha próxima pista seria o cofundador dos Revoltados do Fantasma ao lado de Pedrinho, Henrique Caco. Finalmente conheceria a tal da Zona Morta da cidade. De quebra, ainda teria contato com o fiel escudeiro do Pedrinho, que por sinal se aproximava de mim e de Eduardo com aquele monte de dentes sendo exibidos de uma forma tão natural que me incomodava profundamente.

– Grande Doutor! Já está do nosso lado? Foi mais rápido do que pensei. Está todo arrebentado hoje, do jeito que o nosso time gosta! – disse Pedrinho, com grande animação.

– Não tem lado, Pedrinho. Só quero descobrir quem é o Fantasma. Continuo tentando desvendar o boato sobre a pessoa que o viu. Se viu mesmo, descobrirei a identidade do Fantasma. Seu Eduardo me disse que pode ter sido o seu companheiro de Revolta, o Caquinho.

– O Caquinho? – disse Pedrinho, dessa vez sem sorriso no rosto, e com os olhos arregalados em direção ao Eduardo.

– Sim, oras. É o meu palpite. Caquinho deve ser o cara mais próximo de encontrar o Fantasma. É o homem mais solidário desta cidade. É ou não é, moço? – disse Eduardo para Pedrinho, esperando uma resposta assertiva.

– É. Pode ser, você deve ter razão – respondeu Pedrinho com certa amargura em seu olhar. Sentimento que eu ainda não tinha visto aparecer em seu semblante em momento algum.

Pedrinho me pediu para assim que encontrar com Caquinho, lhe mandar um abraço em seu nome. Aparentemente surgiu algum tipo de atrito não resolvido entre Pedrinho e Caquinho nos últimos dias, no qual não queria me meter. Pedrinho voltou a conversar com o seu bando, cochichando novamente sobre uma suposta invasão à prefeitura no dia seguinte. E sobre o tal artefato misterioso.

Eduardo guardou os seus pertences na frente da padaria, e colocou tudo em um carrinho de mão. Disse que dali em diante tomaria um caminho de surpresa e eventualidade, e que possivelmente não nos veríamos mais até o fim do dia. Se despediu com um forte abraço que me apertou as costelas machucadas.

Enquanto via Eduardo caminhando rua afora, pude avistar Rufus e Antônio mais próximos. Me olhavam de rabo de olho, com os ombros fixados e os peitos para frente. Retornei para dentro da padaria, aproveitei o horário do almoço e pedi um prato feito de contrafilé com fritas. Ao contrário da última vez, fui muito bem recebido. Não no trato, mas nos olhos. Os olhares indicavam, quem diria, uma certa felicidade pela minha presença.

Meu prato foi servido com dois pedaços de bife, o deixando bem mais farto do que outrora. A movimentação na padaria já tinha se reduzido. Estávamos perto das treze horas, e a maioria dos funcionários das empresas próximas estavam finalizando o período de mais-valia. Poderia, inclusive, conversar com o dono da padaria. Poderia, mas não fiz. A cada garfada, uma olhada para os xerifes enviados pelo Áquila. Obviamente, os calhordas não eram bem-vindos naquele pedaço de ambiente. O habitat daqueles dois cabeçudos era duzentos metros para frente, na Zeitgeist.

Em todo momento que alguém percebia que eles me vigiavam, apontava-se pelo olhar uma porta no fundo da padaria. Rolava uma "pescoçada" em direção a essa porta, como se fosse uma rota de fuga. Me pareceu que essa rota já tinha sido utilizada por todas aquelas pessoas. Além disso, Rufus e Antônio eram conhecidos. Captei em algumas expressões o sentimento de raiva e medo. Aquelas pessoas com certeza tinham uma história com aqueles dois.

Finalizei o almoço próximo das treze e quarenta e cinco. A partir dali minha intenção era enrolar um pouco, e esperar o melhor momento para despistar os executores de maldades de Áquila. Pedi um café preto e um bolo de cenoura. Muito bons, por sinal. Só não eram melhores do que os que a minha mãe fazia. Olha eu lembrando da minha velhinha novamente. Os sussurros me mostraram que estou em falta com ela. E também com Felício. Mesmo com os problemas, ambos não mereciam.

A porta de fuga da padaria dava acesso para uma rua. A ideia era a seguinte: assim que surgisse uma oportunidade, ia solicitar um carro por aplicativo para ir até a Zona Morta, com o ponto de partida na tal rua, para escapar aos olhos de Rufus e Antônio. Pedrinho Revoltado estava longe de mim e também longe de Rufus e Antônio. Ficou olhando, observando a mim e a eles. Fez uma expressão séria, olhou para mim e em seguida sorriu. Só que dessa vez, o sorriso foi um sinal para algo que ele pretendia fazer.

Pedrinho foi se aproximando de onde estavam Rufus e Antônio, e começou a gesticular com braveza. De onde estava na padaria, não conseguia escutar exatamente o que era falado, mas tratava-se de uma discussão. Começaram a discutir ferozmente, com outros membros dos Revoltados do Fantasma observando, e aparentava que começaria uma confusão grande em breve. Era a deixa que eu precisava. Solicitei o carro, e me mandei pela porta dos fundos. O destino era a Zona Morta.

Não tinha notado, mas a distância até a Zona Morta era de vinte quilômetros. O motorista não era o André do dia das visitas ao velório virtual e ao asilo. Ótimo. Não seria preciso falar muita coisa, e poderia recapitular as informações que recebi durante aquelas poucas horas do dia e como poderia usá-las no encontro com o Caquinho.

A cidade de Libéria tinha um trânsito intenso a partir do horário do almoço e que só acabava por volta das dezenove e trinta. O relógio marcava pouco mais de sete horas, as ruas estavam congestionadas e com um fluxo alto de carros. Geralmente, ficava olhando para a rua enquanto estava como passageiro. Ao observar as pessoas pelas ruas e naquele estado de delírio coletivo, eu não poderia culpá-las. A ignorância era estimulada. A ignorância era lucrativa. A ignorância era o estado normal das coisas. Fiquei enjoado. Permaneci enjoado.

QUARTA À TARDE – DIA 04

Depois de quarenta e cinco minutos, chegamos na Zona Morta, onde o motorista me largou rapidamente. No primeiro visual que os meus olhos captaram, aquela região parecia ter saído de um quadro surrealista. Gostava de surrealismo. A minha primeira impressão da Zona Morta foi boa. Também pude compreender o motivo pelo qual tinha sido dito que aquela área não tinha muitas casas azuis. A maioria das casas possuíam cor cinza. Um cinza chumbo, parecendo asfalto.

Não era uma área grande, chutaria que umas mil famílias moravam por lá. Diziam na cidade que lá era um lugar ruim. Longe disso. Só não tinha o aparato ultratecnológico do restante da cidade. Isso me fazia bem, me sentia como se tivesse saído de Libéria e voltado para casa. Era como se a Zona Morta fosse um bairro que tinha abandonado o delírio. Descartaram a empolgação sem motivo, a risada sem piada. Me sentia confortável.

Adentrei a Zona Morta, e a movimentação daquele local era muito menor do que na cidade. A julgar pelo horário, o contingente de pessoas nos quintais das casas era muito maior do que eu esperava. O possível motivo era o modo como aquela região vivia, já que compravam e consumiam apenas itens produzidos dentro da Zona. Os rostos que me cruzavam devolviam algo diferente do que tinha visto nos últimos dias. Olhares de cumplicidade. Desejos de uma boa tarde. Meu Deus, há quanto tempo não escutava um boa tarde? De graça assim, há muito tempo.

Vi de três a quatro cachorros caramelo andando pela rua. Alguém de longe gritou que *aqueles cachorros tinham dono*. Perguntei de quem era e me responderam que *eram da Zona Morta, de todo mundo*. Cada casa tinha comedores para os cachorros em seus portões. Não tinha bosta espalhada pela rua. Naquele lugar, parecia que até os cachorros viviam decentemente. Me parecia um lugar verdadeiramente saudável.

Perguntei sobre a casa azul, e todos sabiam onde era. Todos diziam sobre a "casa dos Cacos", indicando que não deveria ser segredo para ninguém a localização dos citados. Não era a única casa colorida. Durante o caminho, algumas casas já estavam pintadas de outras cores, sem ser o cinza chumbo da maioria daquelas humilde residências. Me aproximando da tal casa azul, vi um homem negro alto, com uma calvície na parte frontal capilar, fumando um cigarro e com uma roupa colorida. Parecia comigo. Uma versão mais esbelta, ao menos. Aquele homem olhou diretamente para mim, como se conhecesse todos os que passavam normalmente por aquela calçada e já tivesse me identificado como um forasteiro. Me aproximei, imaginando que aquele homem fosse Caquinho:

– Eu sei quem você é – disse Caquinho, com o mesmo sorriso escrachado de Pedrinho, só que menos espalhafatoso.

– Sabe?

– Você é o homem que anda investigando o Fantasma. Me falaram sobre você. Pedrinho tirou uma com a minha cara esses dias, dizendo que você se parece muito comigo.

– Pedrinho disse que vocês não se viam há alguns meses – respondi surpreso.

– Sim, até anteontem. Tem algumas coisas importantes acontecendo. Pedrinho quis me envolver – Caquinho disse com uma certa reserva, como se não pudesse se estender sobre aquele assunto.

– Bom, prazer, meu amigo. Doutor Roberto Antunes.

– Vamos, entre. Por que as pessoas acham que todos os negros carecas se parecem? Mas até que você lembra um pouco o meu rosto mesmo – Caquinho, aos risos, me convidou para entrar em sua casa azul após nos cumprimentarmos.

Entrei na casa dos Cacos e, inicialmente, não tinha nada de especial,. Comum como qualquer outra. Sala, cozinha e quartos. Único elemento diferente, que com toda a certeza não poderia escapar dos meus olhos, era de que a casa estava inundada de quadros com diplomas das mais diversas honrarias acadêmicas. Por ali tínhamos um doutor e tanto. Só não sabia de qual dos Cacos se tratava.

O "Caco Senior" ainda não tinha aparecido, mas, pelos barulhos distantes, percebi que tinha mais alguém dentro da casa. Caquinho me conduziu para a parte de trás, uma espécie de depósito que mantinham. Era naquele depósito que a magia acontecia. Guardadas as devidas proporções, parecia a garagem da casa do Tony Stark nos filmes do Homem de Ferro. E ali estava o "Caco Senior". Caco mexia e apertava parafusos, com diversas tecnologias ao seu redor. Era como se eles tivessem uma sala da Zeitgeist em seu próprio quintal. Imaginei que a sua história tivesse envolvimento com a Zeitgeist de alguma maneira.

Caco limpava algumas peças e ferramentas, de costas para nós, enquanto descíamos as escadas. A atenção continuou em suas ferramentas, imaginando que o ranger dos degraus era ocasionado por dois pés, ao invés de quatro. Sem perceber que Caquinho não estava sozinho, Caco iniciou uma conversa que eu não deveria escutar:

– Filhão! Consegui arrumar aquela geringonça. Voltou a funcionar parcialmente, estamos recebendo mensagens novamente! – disse Caco se virando rapidamente e levando um susto com a minha presença.

Fisicamente, os Cacos eram muito parecidos. Fisionomia e silhueta idênticas. Caco era branco, e também careca. Ainda tinha um restinho de cabelo na cobertura do papa. Sabe o redemoinho no meio da cabeça? Só um tufo. Não entendia o motivo dele não raspar o restante. Talvez ele imaginasse, assim como Sansão, de que ali residia o restante de sua dignidade.

Caco foi o primeiro que me apresentou um rosto diferente dos outros habitantes da Zona Morta. Não tinha a expressão dos moradores da cidade, mas também me parecia que não era de lá. Um olhar cansado, cheio de olheiras e com diversas marcas de expressão pelo rosto.

– Muito prazer. Sou o Doutor Roberto Antunes. Investigador.

– Certo. Você é o cara que está na cidade perturbando todo mundo sobre o Fantasma.

– Sem perturbações. Só fazendo o meu trabalho.

– Sei. Do jeito que você está hoje, não me parece que esteve longe de perturbações, não é? Mas fique tranquilo. Aqui você está em casa!

Caco fez um gesto de acolhimento, indicando para que sentássemos nas cadeiras que estavam ali dispostas. Me sentei e fiquei olhando para Caco. Ele, por sua vez, seguia sem me dar muita bola e limpava as suas ferramentas, enquanto checava com rabo de olho se eu ainda o estava observando.

Comecei a falar com Caquinho sobre o ótimo depósito de ferramentas que eles tinham, e com inúmeras tecnologias que nunca tinha visto na vida. Joguei conversa fora, basicamente. Até que mencionei que aquelas ferramentas e o aparato tecnológico, não me eram estranhos e já tinha visto algo parecido por aí. Nesse momento, Caco se manifestou:

– Você viu na Zeitgeist, não é?

– Verdade. No palácio do prefeito, também.

– Pois bem. Fui um dos responsáveis pela modernização desta cidade. Por anos, fui cientista-chefe da estação espacial. A maioria das tecnologias que a cidade utiliza hoje passaram pelas minhas mãos – disse Caco com certa amargura e desviando o olhar quando eu olhava em seus olhos.

Caco não era um cientista qualquer, e finalmente descobri quem era o detentor dos inúmeros diplomas espalhados pela casa. Era um dos melhores cientistas do país. Com certeza, ele tinha conhecimento sobre toda e qualquer tecnologia implementada, bem como poderíamos burlar o isolamento virtual imposto pelo prefeito, com o apoio do Áquila. Imaginei que era nisso que ele estava trabalhando assim que cheguei no depósito com o Caquinho. Além de, evidentemente, ele poderia me fornecer informações valiosas sobre o que ocorria na cidade e na busca incessante sobre o homem que viu o Fantasma.

Recordei que foi mencionado no início da investigação que alguns cientistas iniciaram uma pesquisa sobre o Fantasma, mas que os trabalhos foram interrompidos após suicídios ocorridos entre os pesquisadores.

Estava diante de uma boa oportunidade para esclarecer essa história, então iniciei as minhas perguntas ao Caco, visando finalizar a minha investigação ou estar próximo disso:

– Doutor, não serei modesto neste momento. Posso dizer que sou o homem mais inteligente deste país. Sempre fui. Áquila é extremamente inteligente também, mas sem as minhas ideias e inventividades tecnológicas, ele não seria o bilionário que é hoje.

Quando iniciei os meus trabalhos de pesquisa para montar a estação espacial, não éramos nada. Um monte de pesquisador maluco, tentando inventar o que fosse possível para melhorar a vida das pessoas. Quer dizer, ao menos esse era o nosso slogan. O nosso desejo real, na verdade, era de conseguirmos o máximo de dinheiro que pudéssemos com as nossas habilidades. Tínhamos conhecimentos que valeriam muito dinheiro em pouco espaço de tempo.

Durante a pandemia de 2020, perdemos dois cientistas do nosso grupo devido ao vírus. Todos nós perdemos alguém, certo? Me lembro de naquele ano desistir de tudo isso. Além da dor de ter perdido dois amigos, me parecia que tudo iria por água abaixo e que nada daria certo depois da pandemia ser finalizada. O Caquinho tinha catorze anos na época.

O que aconteceu? Bom, Áquila se interessou por uma das patentes tecnológicas que a gente tinha criado. Nos convidou para irmos para Libéria e montarmos o nosso espaço por lá, com todo o investimento que precisássemos. Seria a base da Zeitgeist pelos próximos anos, e fomos convidados a montar uma estação de pesquisa espacial com o apoio multimilionário das empresas da cidade. Áquila estava muito animado, obviamente. Tinha muita confiança em mim e na nossa tecnologia.

O nosso grupo de cientistas cresceu exponencialmente na Zeitgeist. Parecia o bitcoin. Voamos, literalmente. Nossa tecnologia, por exemplo, chegou a ser utilizada para viagens espaciais à procura de vida inteligente fora da terra. Esse era o meu suprassumo profissional, para ser sincero. Estive focado nesse projeto por muito tempo, e finalizamos uma sonda espacial que percorreria a galáxia em busca de vida inteligente.

Enquanto esperava a sonda voltar do espaço, me engajei completamente na Zeitgeist. Envolvido em todas as melhorias tecnológicas da cidade, junto com a minha empresa Space Great. Firmamos uma parceria com a prefeitura, e seguimos implementando uma quantidade fora do comum de novas ideias e soluções para a cidade. Criei o isolador virtual, por exemplo. Toda aquela loucura existente na cidade passou diretamente pelas minhas mãos. Pensava única e exclusivamente nesses projetos.

Vinte e quatro horas por dia, sete dias por semana, enfiado na Zeitgeist e coordenando os projetos tecnológicos. Excelente cientista, mas péssimo marido e pai. Não me olha assim não, Caquinho! Estou sendo sincero com o Doutor. Até aquele momento, não tinha presenciado sussurro nenhum. Já tinha escutado sobre o Fantasma, com pessoas alegando sussurros, mas achava que não passava de uma maluquice.

Até que a sonda voltou do espaço com uma infinidade de informações. Eu poderia ficar conhecido no mundo todo a depender do conteúdo que tinha acabado de receber em mãos. Mas o resultado não foi o que esperava. Não mesmo. A sonda não encontrou nada. Nada! Dizia que estávamos sozinhos no universo. Você pode até me dizer que fiz um grande trabalho, já que em teoria, estava evidenciando que estamos completamente solitários nesta vastidão cósmica de planetas. Só que o objetivo do estudo era encontrar vida extraterrestre – exatamente o contrário.

Fiquei conhecido pelo meu fracasso. Não tinha vida inteligente em qualquer outro lugar. Anos de estudos para dizer que não há lugar habitável fora deste planeta. Como é que iríamos escapar deste inferno? Com o mundo em pedaços devido a nossa capacidade autodestrutiva? Entrei em desespero. Áquila também não gostou nada do resultado, pois ele está em corrida até hoje com outro bilionário maluco das gringas para saber quem acha o *etê bilu* primeiro.

Revisei os dados pelos anos seguintes, e o resultado permanecia. Até que Áquila colocou os esforços da nossa equipe científica no grande problema da cidade: o Fantasma. Montei uma grande equipe de cientistas e iniciamos as pesquisas desses fenômenos. Comecei a escutar os sussurros do Fantasma. Eu e os meus colegas cientistas começamos a ser atormentados pelos sussurros, assim como os demais moradores desta cidade. No último ano, a situação se intensificou e os suicídios passaram a acontecer deliberadamente. Perdemos três cientistas para o Fantasma. Pensei em me matar também, doutor. Confesso que pensei.

O que dizem os sussurros? O óbvio. Os sussurros me diziam o óbvio. Mas parece que é exatamente o óbvio que as nossas mentiras encobrem. Fui um péssimo pai e um péssimo marido, enquanto tentava descobrir novas possibilidades fora da Terra.

No fim, descobri que não há nada a ser descoberto, e que deveria ter me preocupado justamente com aqueles que deixei de lado: meu filho e minha esposa. Não tem nada para além das estrelas! Tudo o que temos já está aqui. É trágico. Mas pensando de uma maneira positiva, também é revigorante. Tudo depende de nós, doutor. Tudo depende de nós.

Caco disse a última frase com a voz embargada e com um olhar lacrimejante para Caquinho. Caco parecia ser o meu destino ao proferir aquelas palavras. Em sua decepção, via o meu futuro. Tinha saído de casa para entender as pessoas. Mas essa possibilidade era viável? No meu espaço sideral de ideias, também não se encontra nada nesta sonda mental que lancei há vinte anos.

Também já pensei em suicídio, o que me colocava, sempre que falávamos sobre o assunto, em uma posição de empatia com os afetados pelo Fantasma. Foi durante o auge do meu alcoolismo, já separado de Sheila e vagando de cidade em cidade para investigar casos não solucionados dos mais diversos tipos.

Estava em sofrimento no meu *terreno dazideias*, e acordava todos os dias daquele período desejando não acordar. Eu ainda não tinha tentado me matar, mas já tinha decidido que poderia morrer. Estava pronto para a fatalidade acontecer, tinha cansado do sofrimento. O raio poderia cair na minha cabeça, o mal súbito poderia vir durante o banho. Só queria que fosse indolor.

Até que depois de algum tempo sendo perturbado pelas vozes que me acompanhavam, decidi abrir na minha mente a possibilidade de me jogar da varanda do meu apartamento. Assim como Caio. Por sorte ou por destino, estava iniciando o meu tratamento psiquiátrico e os comprimidos me salvaram. Salvaram e ainda salvam, sem dúvida.

Tentando não ser insensato com a situação, continuei perguntando sobre a vida de Caco, a relação com a sua falecida esposa e o Caquinho, de modo que mais informações sobre o Fantasma pudessem ser reveladas:

– Os sussurros foram aumentando. Orgulhoso do jeito que sou, continuei evitando e fingindo que fosse coisa da minha cabeça. Isso mesmo. Com bebidas e com a raiva que eu tinha sobre a minha vida. Não só isso, é verdade. Raiva também que tinha do Caquinho. Ele sempre foi muito diferente de mim. Tudo que não concordava em Caquinho, culpava a sua mãe. Essa raiva que tinha, dissipava a presença dos sussurros. O ódio é um remédio eficaz contra o Fantasma. Não entendo o motivo, nem me pergunte.

Há dois anos, doutor. Thelma morreu, mãe do Caquinho. Nós já estávamos separados fazia uns cinco anos, mas eu a amava. Amava, doutor. Não sei se você tem algum amor que não deu certo. Tomei decisões erradas, e não fui a pessoa que gostaria de ser. Não fui mesmo.

Em suas últimas palavras em vida, Thelma disse que eu tinha sido a pessoa que mais a tinha magoado, mas que me perdoava. Fez com que prometesse que eu e Caquinho ficaríamos juntos. Estamos cumprindo essa promessa desde então. Talvez seja a última coisa que eu possa fazer por ela. Também estou fazendo por mim.

Vivendo com o Caquinho, a raiva tem se dissipado do meu corpo, dia após dia. Isso faz com que os sussurros retornem. Poderia estar desesperado, mas de alguma forma, tenho aprendido a lidar com eles. Tenho os escutado, doutor. Tenho aprendido com as informações que os sussurros me trazem. Imagino que se você considerar o que os sussurros tem a dizer, também aprenderá.

A relação dos Cacos se assemelhava com a relação que tinha com o Felício e a minha mãe. Não iria esperar que um deles morresse para que pudesse dizer o quanto os amava. A minha passagem por aquela cidade fez despertar um desejo de estar com a minha família. Uma vontade súbita e inesperada de abraçar minha mãe e Felício.

Assim como Caco, precisava voltar ao planeta Terra e me reconectar com aqueles que deixei. Mesmo que essa reaproximação aflore lembranças que por muito tempo escondia dentro de mim. De uma vez por todas, teria que encarar o impacto que o racismo causou dentro da minha subjetividade.

Aquele papo deixou Caco sem jeito. Olhava para baixo e para as suas ferramentas, demonstrando estar em um lugar de incômodo. Mudei de assunto, falando sobre a minha pista e a busca pela pessoa que tinha visto o Fantasma.

– Nunca ouvi falar – disse Caco. – Acho muito difícil alguém ter visto o Fantasma. De onde surgiu esse papo?

– Não posso concluir a minha investigação com uma voz, um sussurro. Preciso descobrir quem está por trás disso. A minha melhor pista seria a pessoa que viu o Fantasma.

– E quem é? Você disse que sua última pista se tratava do homem mais solidário da cidade – perguntou Caquinho, não parecendo entender o motivo de ter ido até a sua casa.

– Me disseram que você é esse homem. O mais solidário da cidade.

– Eu? Não acho, não!

Caquinho não achava que era o homem mais solidário da cidade. Já Caco fez questão de reforçar de que seu filho era o homem de coração mais puro deste mundo. Caquinho insistia que não era tudo isso, e que não tinha visto Fantasma nenhum:

– Jamais, doutor. Nunca vi uma alma penada na minha vida. Óbvio que os sussurros sim, os escuto. Mas ver o Fantasma? Não. E tem outra, não sou o cara mais solidário desta cidade. Não conheço todo mundo, como é que vou saber? Para com isso pai, você sabe que é verdade.

Os Revoltados? Tive que me ausentar após a morte da minha mãe. Mas tenho muito orgulho de ter organizado o movimento com o Pedrinho. Muito orgulho! Olha doutor, nunca imaginei que faria parte de uma organização social e que moraria na Zona Morta quando chegasse na idade que estou. Quarenta anos, careca, e ex-líder dos Revoltados do Fantasma. É mole?

Conheci o Pedrinho na Zeitgeist. Era uns dos diretores, mas não tínhamos nenhum tipo de relação. Na verdade, Pedrinho era subordinado do meu pai. Pedrinho não te falou? Ambos aficionados nessas tecnologias malucas, interagiam constantemente durante as oito horas de labuta. Que não eram só oito horas, pois esses caras trabalhavam demais.

O meu perfil era bem diferente. Minha formação é em Recursos Humanos, Gestão de Pessoas. Fui o diretor de Recursos Humanos da Zeitgeist por sete anos. Sete longos anos. E não vou mentir para você, adorava o meu trabalho.

Doutor, você acredita que poucas vezes escutei sussurros durante esses anos? O Seu Eduardo disse isso? Concordo com ele. O meu trabalho era baseado na solidariedade com as pessoas.

Não só no discurso, mas efetivamente consegui incluir no meu trabalho a prática da solidariedade. Repaginei completamente a estrutura da Zeitgeist, implementando uma área para inclusão e diversidade. Colocávamos mensalmente ações afirmativas dentro do ambiente organizacional, contratamos funcionários pretos e oriundos de regiões de baixa renda.

Palestras com temáticas raciais, LGBTQIA+ e etc. Fiz de tudo para dar oportunidades a quem não teria. Depois da pandemia que tivemos, prometi para mim mesmo que tudo que faria seria baseado no exercício da solidariedade. Acreditava que tínhamos perdido tantas vidas, pois não éramos solidários na época. A pandemia exigia sacrifícios. E não há sacrifícios sem solidariedade. Não há!

Caquinho falava com o brilho nos olhos de um vereador recém-eleito. Ele tinha energia e confiança no que acreditava. Não só isso, mas também se orgulhava do que dizia. Aquilo o movia. Estava diante do homem mais solidário daquele lugar, e ele potencialmente poderia ter visto o Fantasma alguma vez na vida.

– Com o tempo, as coisas não se desenrolaram como esperava. As pessoas que coloquei na empresa, que foram beneficiadas pelos programas que implementei, começaram a ter atitudes questionáveis. Atitudes que não iam ao encontro da solidariedade que eu pregava. Pelo menos a solidariedade que eu imaginava que seria introduzida na mente daquelas pessoas. Não foi o que aconteceu. A competição com os pares, o ambiente de busca de alta performance e entrega de resultados no menor prazo possível, tudo isso fazia com que as minhas ideias de solidariedade passassem muito longe do imaginário de ideias daqueles funcionários.

Entendia essa dualidade em suas cabeças. A competição inconsequente pautada pela empresa e a solidariedade que eu tanto almejava. A conta não fechava, doutor! A gestão corporativa, de qualquer grande empresa deste mundo é focada em destruir e aniquilar quaisquer tipos de figuras centrais de solidariedade no ambiente corporativo. Mesmo eu tentando lutar contra isso com as minhas iniciativas, nós não éramos páreo para essas ideias fixadas incessantemente em todas as esferas da vida das pessoas.

Greves, sindicatos. Tudo o que um dia representou a solidariedade entre os trabalhadores, não existia mais. Sabe aquelas reportagens nos jornais televisivos quando uma greve era iniciada pelos motoristas de ônibus? Primeira coisa que aparecia era algum trabalhador falando de seu prejuízo ao não conseguir chegar ao trabalho. Isso não é coincidência não, doutor! É um projeto muito bem planejado e executado. De todas as maneiras, as figuras de solidariedade do nosso mundo moderno foram sendo pouco a pouco aniquiladas. Como poderia inserir ideias de solidariedade no ambiente corporativo, se tal ambiente foi desenvolvido para aniquilá-las?

A minha ficha caiu quando um dos primeiros funcionários que contratei estava de olho no meu cargo. Competindo comigo, tentando puxar o meu tapete. Um homem preto, feito eu. No fim das contas, era uma guerra para ser "o negão número 1 do Áquila". Todo mundo se matava por um aumento de dez por cento no salário. Como já diria aquela música do Racionais MC's, se lembra? Sem dó e sem dor, foda-se a sua cor. Foi naquele momento que escutei o meu primeiro sussurro.

Percebi que a mudança teria que ser de fora para dentro. Ou que pelo menos as tentativas de mudança fossem de fora. Dentro da empresa, já era uma força vencida. Precisava tentar algo diferente. Restabelecer as figuras solidárias que temos na sociedade. Quer dizer, meu objetivo não era tão ousado assim. Minha intenção era de exercer a solidariedade e fundar uma figura solidária na cidade e que todos soubessem o que fazíamos.

Me uni ao Pedrinho quase que instintivamente, e formamos os Revoltados do Fantasma. Me parecia óbvio que deveria escutar o que o Fantasma tinha a dizer por meio dos sussurros. O que ele me disse naqueles dias foram todas as verdades que deixei de escutar durante toda a minha vida.

A solidariedade como remédio definitivo para os sussurros. Era a proposta de Caquinho. Sua argumentação era de que, estruturalmente, a competição integrava-se quase que totalmente na forma de viver e de se relacionar. Não poderia, naquele momento, trazer argumentos contrários. Minha vida foi baseada em competições.

– Falando de negão para negão, doutor. Com sinceridade. Nós temos falado cada vez mais sobre o racismo. De diferentes formas e ocupando lugares que não imaginávamos. Isso é um avanço, é verdade.

Mas vejo que avançamos de maneira incorreta. Avançamos, pautando assuntos de diversidade em ambientes tomados pela competição. Doutor, só há efetiva diversidade e inclusão se acompanhada de uma profunda solidariedade e cooperação entre os envolvidos. Se não houver esses elementos, doutor, a verdade é que o racismo continua sendo perpetuado e inflamado dentro das corporações.

Em relação ao combate ao racismo dentro das grandes corporações, faço uma comparação com a utilização de máscaras na pandemia de 2020. Se lembra, não é? Tinha aqueles que não utilizavam a máscara, tipo o presidente da época e os idiotas que o seguiam. Mas no geral, todo mundo sabia de sua importância, e que deveria utilizá-la para se proteger e proteger os demais.

As pessoas utilizavam a máscara adequadamente, doutor? Pois é. Era um tal de máscara no queixo, nariz por cima da máscara. Muitos utilizavam corretamente, é verdade. Mas ninguém gostava, não é mesmo?

Vejo o combate ao racismo dessa maneira. Todo mundo sabe da sua necessidade, mas a maioria não a reconhece adequadamente. O combate ao racismo nas grandes corporações é uma máscara no queixo, doutor. Uma máscara no queixo!

O paralelo que Caquinho tinha acabado de fazer me pegou de surpresa e não pude conter essa sensação. Em relação ao racismo, desde que me entendo por gente também vejo o seu combate muitas vezes como uma figura apenas simbólica. Poucos, de fato, fazem algo para combatê-lo nesse sentido. Em ambientes empresariais como a Zeitgeist, por exemplo, as ações ainda são pouco frutíferas. Quando estive por lá, vi poucos negros.

– Sei que não ficou claro, por exemplo, o motivo de termos nos mudado para a Zona Morta. Morando na cidade, eu sempre estaria envolvido com Os Revoltados e o meu pai sempre teria algum tipo de ligação com a Zeitgeist. Na cidade, não conseguimos fugir disso. Além disso, já me é muito claro que o melhor lugar para exercer a solidariedade é aqui. Então, nos mudamos para cá.

Não. Nem todos ainda praticam a solidariedade do lado de cá. Progressivamente, vamos expandindo o nosso pensamento para as pessoas daqui. Sabe as casas coloridas, assim como a minha? Então, essas já se converteram à religião da solidariedade, por assim dizer. Ainda temos muito trabalho. Mas veja, ao menos já conseguimos mudar a estrutura da Zona Morta. Por este lado do mapa, comercializamos e consumimos apenas itens dos nossos moradores. Com o tempo, o sistema de solidariedade vai avançando, e o meu pai tem me ajudado a implementar melhorias através da tecnologia na vida das pessoas. Melhorias de verdade! Que facilitem a vida das pessoas, e não se tornem um produto.

Assim que entendi a Zona Morta, percebi que a visão do resto da cidade é muito diferente do que de fato acontece por lá. Estava começando a desistir de encontrar o homem que viu o Fantasma. Mas pensando na conclusão da investigação, já me parecia que tinha o suficiente. Óbvio que gostaria de saber se aquele boato tinha fundamento, e se o Fantasma realmente existia.

Tinha mais um dia de investigação, e boas argumentações sobre os eventos fantasmagóricos. Precisava ser realista com o prazo que me foi dado e as poucas ferramentas que tinha para ampliar os rumos das minhas buscas. A conclusão, basicamente, teria o que tinha sido recolhido até aquele momento. Áquila e o prefeito Paulo teriam que aceitar.

Entretanto, considerando que já estava em conversa com os Cacos, não perderia a oportunidade. Precisava esclarecer algumas coisas.

– Veja só, doutor. Pode deixar, Caquinho. Deixa que tenho propriedade para falar deste assunto. Sabemos, sim, como Áquila e os seus capangas obtêm a sua localização com tamanha facilidade.

Há alguns anos, estive envolvido em um projeto do Áquila para desenvolver melhorias tecnológicas no combate à criminalidade da cidade. Libéria nunca teve um alto índice de crimes, para falar a verdade. Mas você sabe como é, certo? Todos os políticos fanfarrões, que não são muito inteligentes para propor ideias para o bem-estar da população, anunciam suas candidaturas com o genérico e atrativo combate à criminalidade. O tal do bandido bom é bandido morto, conhece? Claro que sim. Já elegeu até presidente do Brasil, e sempre arrecada votos para quem utiliza desses argumentos.

Na eleição retrasada da cidade, o prefeito Paulo estava empenhado na questão e era o lema de sua campanha eleitoral. Obviamente, o idiota pediu ajuda ao Áquila. Foi a motivação central do artefato tecnológico que desenvolvemos, e que acho que seja a forma como eles têm obtido a sua localização em tempo real.

Na época, desenvolvi, um dispositivo geolocalizador capaz de identificar pessoas com determinadas características fenotípicas em um raio de cem quilômetros. De forma resumida, o dispositivo conseguiria me passar a localização atual de todos os barbudos da cidade, se esse fosse o meu desejo ao manusear a ferramenta. O que no início seria, em tese, uma ferramenta para auxiliar o trabalho da polícia. Em pouco tempo, passou a ser uma ferramenta pessoal de Áquila para espionar os seus opositores.

Com todo o respeito, doutor. Não é muito difícil achar o senhor. Ora, que outro homem negro, careca, de paletó, caro e com uma maleta na mão nós temos em um raio de cem quilômetros? Só você mesmo.

Olha, existem sim. Existem alguns defeitos na ferramenta que só eu sei e que possivelmente não foram resolvidos até hoje. Acho que o de maior valia, com o intuito de despistar o Áquila, é de mudar o traje social que você normalmente usa, ou alguma característica do corpo. Obviamente que a ferramenta também está adaptada para essa situação, mas ocorre uma atualização de três horas. O que te daria um tempo para explorar, podemos assim dizer.

Excelente informação que pude recolher com os Cacos. Era assim que o maldito Áquila sabia por onde eu estava, e provavelmente também era assim que os seus capangas Rufus e Antônio conseguiam me seguir com tamanha precisão. Ainda precisava descobrir sobre o tal item que Caco tinha consertado, e a suposta tensão entre Caquinho e Pedrinho ocorrida nos últimos dias.

– Não, doutor! Não tem tensão nenhuma entre mim e Pedrinho. Estamos bem. – disse Caquinho, mostrando nervosismo pela primeira vez.

– E por que você está nervoso? Tem algo a ver com o que seu pai estava mexendo assim que chegamos? – indaguei Caquinho, que imediatamente olhou para Caco como se estivessem escondendo algo.

Precisava saber o que era aquele artefato tecnológico, até porque se for algo que possa romper o isolamento virtual, seria de grande valia para as minhas últimas vinte e quatro horas na cidade.

– Não! – respondeu Caquinho, novamente demonstrando diversos sinais de que não falava a verdade.

– Certo – respondi e segui olhando fixamente para Caquinho e Caco.

Não tinha mais qualquer tipo de reserva em obter a verdade. Entrei em um beco sem saída. Talvez aquela informação que estava sendo omitida pudesse finalmente me dar clareza em relação a esse mistério. Eu estava disposto a tudo, mas não precisei forçar a barra. O Caco não era muito bom em guardar segredos:

– Fale logo, meu filho. O homem não vai sair daqui até ter a verdade – disse Caco, enquanto Caquinho ficou pálido ao ver que o pai tinha entregado o ouro.

Caquinho seguiu transtornado, ainda tentando contornar o que o pai tinha dito. Finalmente cedeu, depois de algum tempo andando de um lado para outro da casa. Começou a dizer o que eu ainda devia saber sobre a intriga recente que teve com Pedrinho.

– Com certeza, você foi informado que o isolamento duraria por cinco dias e amanhã seria o fim da investigação. Eles mentiram. Não é a primeira vez que mentem para um estrangeiro durante o isolamento virtual. Quando o isolamento começa, não existe possibilidade de desativá-lo antes de trinta dias. Quer dizer, até existe, mas é bem remota. Então você não vai embora amanhã. Você está preso pelos próximos vinte e seis dias, ainda.

Fiquei atônito com aquela nova informação. Estaria preso naquela cidade por um tempo que não estava considerando, além de ter sido enganado pelos desgraçados do prefeito Paulo e do Áquila. Me via sem alternativas naquele momento. Não poderia ficar todo aquele tempo na cidade:

– Calma, pois é agora que entramos. Pedrinho tem um plano. Existe um dispositivo no palácio que permite que o isolamento virtual seja interrompido. Os Revoltados possuem um plano para invadir o palácio do prefeito amanhã. Você deve ter percebido a quantidade de detectores e tecnologia de segurança que tem por lá. Meu pai fez um dispositivo que desarma toda aquela tecnologia. A segurança armada que você viu naquele dia que chegou não fica no palácio. Foi só um jogo de cena para você se sentir especial.

Existe um boato que existem dois dispositivos que interrompem o isolamento virtual no palácio. A ideia é que utilizemos um para interromper o isolamento virtual imediatamente e deixemos onde estava. E levar o outro embora conosco.

O dispositivo que meu pai estava mexendo é um que permite que sejam recebidas informações de fora cidade mesmo com o isolamento virtual em vigência. Ou seja, não conseguiremos enviar informações para fora, mas ao menos saberemos o que o mundo tem falado sobre a nossa situação. Quem sabe até utilizar alguma informação a nosso favor. Além de esse dispositivo que o meu pai já tem há muito tempo, que desbloqueia todo e qualquer tipo de trava ou alarme de qualquer ambiente.

Claro, pensamos nisso. A ideia é atrair a atenção para a sede da Zeitgeist. Uma parte dos Revoltados tentou invadir a empresa, enquanto eu e Pedrinho iremos até o palácio para efetuar o plano.

– Eu vou com vocês! – afirmei sem nenhuma cerimônia.

– Claro que não. É muito arriscado.

– Não tenho outra alternativa. Não posso ficar nesta cidade por tanto tempo.

Caquinho ficou relutante e disse que Pedrinho não aceitaria. Mesmo assim, me deu o horário e o local onde se encontraria com Pedrinho para a execução do plano no dia seguinte.

– Põe esse dispositivo para executar. Quem sabe alguma informação importante me ajude na investigação e na execução do plano – disse isso já me incluindo na invasão ao palácio do prefeito.

– Bom. Só se for agora – disse Caco, com certa ansiedade para saber o que vinha do exterior após quatro dias de isolamento.

Caco ficou empolgado que veríamos o seu dispositivo funcionando. Basicamente, o dispositivo fazia com que o computador que ele fosse conectado pudesse navegar pela internet sem restrições e burlando o isolamento virtual. Caquinho colocou o dispositivo no computador e acessou o principal portal de notícias que conheciam. A manchete era:

"Morre a mãe do investigador Roberto Antunes. O Investigador ainda não foi contatado devido ao isolamento virtual de Libéria."

QUARTA À NOITE – O FANTASMA – DIA 04

Minha mãe estava morta. Não acreditei, pois imaginava que fossem notícias falsas para me causar desespero. Era real. Fiz questão de verificar os outros portais de notícia, e todos estavam noticiando a morte da minha mãe. Era verídico. Caco e Caquinho me amparam naquele momento, tentei dizer algo enquanto os meus lábios tremiam e balbuciei palavras inaudíveis. Chorei. Solucei de tanto chorar.

Sentei no chão e permaneci chorando. Balançava a cabeça de um lado para outro, em sinal de negação para aquilo que estava acontecendo. Fiquei naquele estado por mais de dez minutos, com os Cacos emocionados, em especial Caquinho, o tempo todo com a sua mão em meu ombro.

O desespero foi diminuindo, meus batimentos cardíacos desaceleraram e as lágrimas pararam de pular dos meus olhos. Caquinho dizia algo, mas já não conseguia escutá-lo. Meu braço esquerdo voltou a formigar, indicando o que estava por vir em seguida. O sussurro se aproximava. Já conseguia escutar o meu irmão dizendo justamente aquilo que estava pensando. Priorizei o meu trabalho e não estarei presente no enterro da minha própria mãe. Coloquei as mãos nos ouvidos em uma tentativa medíocre de abafar os sussurros. De nada adiantou, os sussurros estavam dentro da minha mente.

Passei a pensar em como tinha chegado até aquele estado, e me veio na cabeça as figuras de Paulo e Áquila. Cerrei os punhos. Um sentimento de ódio surgia, dissipando parte dos sussurros. Consegui me levantar. Olhei para os Cacos, que ficaram mudos com a situação. Caquinho ofereceu uma carona até o hotel, dizendo que ainda conversaria com Pedrinho sobre o plano de amanhã. Afirmei novamente a minha intenção de ir, e disse que estaria lá no local e horário combinados.

Caco me cumprimentou e me deu um abraço antes de ir embora com o Caquinho. Entramos no carro e fomos em direção ao centro. Já escurecia e as nuvens carregadas indicavam previsão de chuva para as próximas horas. Caquinho dizia algumas coisas, mas, novamente, não escutei absolutamente nada. Meus ouvidos estavam dominados pelos sussurros. Meus comprimidos cumpriam o seu papel, porém, não faziam milagre.

Meu olhar seguiu para fora da janela vendo a movimentação das ruas pelo caminho e fiquei gesticulando com a cabeça para que Caquinho não pensasse que não estava prestando atenção em suas falas.

O caminho era longo, vinte quilômetros. Percorremos o início do trajeto e vimos que tinha algo acontecendo na cidade. Inúmeras ambulâncias passavam por todo canto e por direções diferentes. Quando estávamos nos aproximando do centro, começamos a ver os primeiros cadáveres nas calçadas. Conforme fomos nos aproximando das ruas de maior movimentação da cidade, o fluxo de pessoas aumentava, assim como os cadáveres. Entre os sussurros no meu ouvido, consegui escutar Caquinho dizer que estávamos tendo um novo surto coletivo de suicídios. Passamos por uma rua que era formada por prédios residenciais. Eram cadáveres para todos os lados. Ainda assim, as pessoas continuavam nas ruas. Assim como na pandemia, as pessoas continuavam nas ruas, desviando de corpos. Duas mil, três mil pessoas morriam por dia naquele período terrível. As pessoas continuavam nas ruas. Não é de hoje que as pessoas se comportam dessa maneira.

Começou a chover e o horário de pico deixava o trânsito carregado. Chovia forte, e o sangue dos cadáveres escorria pelo asfalto. As pessoas continuavam nas ruas. Os sussurros aumentaram. Intercalavam entre assuntos que envolviam o meu vício em bebidas, Sheila, minha mãe e Felício. Comecei a achar que eu seria um daqueles cadáveres até o fim da noite.

Minha mãe tinha morrido e o mundo parecia que estava pior que há vinte anos, quando em um ato falso de heroísmo e para escapar dos meus problemas, disse que iria melhorá-lo.

Em um breve surto de fúria, decidi que sairia da cidade naquele exato momento. Caquinho, ao meu lado, concordava. Minha mãe já estava morta há mais de quarenta e oito horas, precisava retornar para a minha família. Seria um absurdo continuar na cidade naquela situação. Mesmo que Áquila tivesse a minha localização e mandasse todos os seus capangas armados para impedir a minha saída da cidade. Mesmo que recebesse chumbo grosso ao sair correndo nas fronteiras do município que eram duramente fiscalizadas nesse período. Sairia de qualquer maneira. Caquinho, mais uma vez, me estimulava a fugir daquele lugar.

Até que, entre os diversos cadáveres que passamos durante aquela chuva torrencial, um em especial me chamou atenção. Era de um homem que, apesar de estar totalmente despedaçado no chão, dava para identificar. Duas crianças colocavam as mãos na cabeça e se abraçavam enquanto observavam o cadáver com as vísceras abertas no asfalto. Aquilo me fez lembrar de mim e de Felício – assim como nós, aquelas crianças também cresceriam sem pai. E aquela mulher que em prantos também foi se aproximando do corpo teria que tirar forças para além de lidar com o luto, conseguir criar os seus filhos. Assim como Dona Sônia, a minha mãe, fez. Eu não poderia sair de lá sem ao menos concluir o meu trabalho, mesmo que não pudesse encontrar o Fantasma. Me veio uma vontade de continuar tentando até o último minuto do prazo que tinha. Eu poderia ajudar aquelas pessoas.

Enquanto dizia que não ia embora, Caquinho me olhou e não disse uma palavra sequer. Apenas sorriu. Um sorriso de surpresa. Aqueles sorrisos que damos quando não sabemos onde enfiar a cara. Deixei Caquinho sem reação. Mas foi ali, naquele momento, que ele percebeu que não me convenceria a ir embora e muito menos de não participar da invasão ao palácio.

– Te vejo amanhã, certo? – disse Caquinho ao chegarmos ao hotel, já conformado com a minha participação na invasão ao palácio do prefeito.

– Pode ter certeza que sim – respondi sem ter muita confiança que ainda estaria vivo no dia seguinte.

Chovia muito, e Rufus e Antônio estavam ao lado de Miguel na recepção. Minha roupa, ainda com rastros de sangue, estava ensopada pela chuva que acabei pegando até entrar no hotel. Miguel estava com um esparadrapo no nariz e com o rosto bem inchado. Eles riam para mim. Permanecia atordoado, e confesso que não lembro de nenhuma palavra que foi dita por eles naqueles trinta segundos entre a minha entrada no hotel e a chegada do elevador.

Entrei no quarto, e estava um brilho. As camareiras tinham passado por lá assim que me retirei do hotel mais cedo após a surra. Tirei as minhas roupas e as joguei no lixo. Já era o segundo paletó na semana que tinha ido para o saco. Entrei no chuveiro, e devo ter passado uns quarenta e cinco minutos debaixo d'água. Não toquei no sabonete. Queria apenas abafar os sussurros. Não adiantou, sai do chuveiro e os sussurros não só não pararam, como aumentaram bruscamente. Uma lâmina de barbear surgiu na pia da cozinha. Aquela lâmina nunca esteve antes naquele banheiro. Pensei em me matar. Desisti, a princípio. Não era de ser vencido facilmente. Seria jogo duro para o Fantasma. Ainda tinha assuntos pendentes na cidade, e sobreviveria, ao menos, até amanhã. Não seria presa fácil.

Sentei no sofá, de cueca, e fiquei observando a janela. A chuva que escorria pelo vidro me lembrou um copo gelado e suado de uísque. Resisti a tentação, mesmo que parecesse muito pertinente me embebedar e cair em delírios que me afastariam do dito cujo. Os sussurros continuavam; os enfrentei. Sem artimanhas para burlar os sussurros. Eu e os sussurros, finalmente. Estudando a mim, dessa vez. Me investigando ao invés dos outros. Até o fim daquela noite. Sem desespero, apesar da tristeza que carregava no peito. Estava finalmente retornando a uma sessão de terapia para investigar as minhas cicatrizes internas. Dessa vez, sozinho.

Os sussurros cessaram, sem qualquer motivo aparente. Os calafrios aumentaram, mas não eram mais aqueles parecidos com os predecessores dos sussurros. Achei que estava doente, medi a minha temperatura, verifiquei a pressão arterial. Nada de febre ou pressão baixa. A chuva tinha cessado e a temperatura lá fora era agradável, por volta de vinte e oito graus. No quarto, estava um gelo, tremia de frio. Não entendia o motivo. Desliguei o ar-condicionado, mas ele já estava nessa condição. Fui até a janela para abri-la, com o intuito de que a temperatura do quarto aumentasse. Olhei para baixo, e o movimento nas ruas estava ainda mais intenso. Dei uma pescoçada para o lado esquerdo, e percebi que naquele hotel também ocorreram suicídios. Janelas abertas e corpos na calçada ao lado da marquise. Retornei para o sofá, e nada da temperatura aumentar.

Me vesti e coloquei uma roupa apropriada para a temperatura do quarto. Sentei novamente no sofá e permaneci. Os sussurros não voltaram. Fiquei observando a minha sombra na parede ao lado da televisão. Fixei o meu olhar naquele canto do cômodo. Encarava a minha sombra como se estivesse encarando a mim mesmo. Olhei para as verdades que os meus hábitos escondiam há anos. Revisitei as lembranças que tive nesses dias sobre a minha família e Sheila. Não entrei mais em desespero, mesmo com a dor do luto arrebentando o meu coração.

Estava aquecido, comecei a pegar no sono. Meus olhos abriam e fechavam, enquanto continuava a olhar fixamente para a minha sombra. Entre as pescadas, surgiu uma nova sombra apontando para a mesa que tinha na pequena cozinha daquele espaço. Pensei brevemente que poderia estar sendo furtado e continuei fingindo que tinha caído no sono. O intruso se movimentou, e pensei que o mesmo iria embora. Na cozinha, pelo menos para mim, não tinha nada de relevante. Para minha surpresa, o mesmo ficou sentado na cadeira alta que tinha por lá. Você pode se perguntar o motivo de não ter reagido logo de primeira e ir de encontro com o infrator. Mas pense comigo. Estava todo machucado e tinha acabado de perder a minha mãe. Só queria chegar vivo no dia seguinte, pois corria sérios riscos de acabar com o crânio amassado em alguma dessas calçadas do maldito lugar.

Um cheiro de cigarro e bala de menta invadiu o meu quarto. O intruso, em um ato de ousadia, colocou os braços sobre a mesa e começou a fazer um barulho com as mãos. Aquele barulho com as mãos que Dona Sônia fazia insistentemente para me intimidar. Era a provocação que faltava para que me virasse e desse de frente, de uma vez por todas, com o meliante.

O intruso era a minha mãe. Vocês não leram errado. Dona Sônia em carne e osso, sentada, sorrindo e fazendo o seu tradicional barulho irritante com os dedos. Desabei no chão, sem entender o que estava acontecendo. Minha mãe tinha virado um Fantasma. Me desesperava e Dona Sônia, versão gasparzinho, ria do meu desespero. Um riso de deboche, como se não tivesse entendido o que estava acontecendo.

– Pensei que você fosse mais inteligente, Anísio Roberto – disse aquele ser que achava que era minha mãe.

– Como assim, mãe? – respondi indignado e assustado.

– Mãe? Ora, Anísio Roberto! Quem você tem procurado tanto nos últimos dias?

Meu Deus! Era ele, finalmente. Na minha frente, estava visualizando o objeto de toda a minha investigação. O Fantasma veio até mim. Naquele dia que tinha sido completamente maluco desde o início, o Fantasma surgiu roubando os macarrões instantâneos da minha cozinha. Mas por que a minha mãe? A minha mãe era o Fantasma? Não fazia sentido.

– Não, Anísio! Claro que não sou sua mãe. Não há um motivo específico para que eu apareça para você, com esta aparência. São diversos motivos, na verdade. Mas em resumo, diria que apareço como sua mãe, pois ela é a pessoa que mais está presente em seu subjetivo. São poucas pessoas que já me viram, mas em sua maioria me revelo na forma de suas respectivas mães. Como posso dizer? São as suas imagens que povoam as mentes das pessoas quando se perguntam se devem se matar ou não. Se você soubesse a quantidade de pessoas que deixam de se matar com medo de magoar as suas mães, entenderia o que estou dizendo. Como é que vocês dizem? Lembrei! Se eu morrer, a minha mãe me mata!

Não era um holograma, vulto ou qualquer manifestação sobrenatural. Era a minha mãe. Mas também era o Fantasma. Mas se era, que diabos era isso? Estava diante do belzebu? Ou seria um anjo? Deus? Estava diante de algo que não poderia compreender, o que me assustava ainda mais.

– Seja mais esperto, Anísio! Não sou um Fantasma, obviamente. Vocês, seres humanos, gostam de atribuir teorias sobrenaturais sobre tudo aquilo que não conseguem compreender. Mas não sou isso, não! Já fui chamado de muitos nomes durante todos estes séculos de existência. Os filósofos, por exemplo, a cada conselho que dizia em seus ouvidos me atribuíam os mais distintos nomes. O que mais me agradou até hoje é Consciência.

Não sei se fui criado por alguém e por algum motivo específico. Fato é que estou vivo há trezentos e cinquenta mil anos. Sou todas as lembranças e memórias. Sou todos momentos felizes que surgem em suas retinas depois de um alegre. Mas também sou todos os momentos tristes, que fazem os seus corações se despedaçarem.

Dei identidade e reconhecimento à vossa espécie. Sem mim, vocês fariam como os tigres, que quando se olham no espelho acham que há outro tigre do outro lado do vidro.

Não sei quem me criou, mas com certeza o objetivo era de explorar o máximo da capacidade da sua espécie. O intuito era de que, ao saber da morte, vocês aproveitariam a vida e reconheceriam a necessidade de dividir e compartilhar para que todos tenham as mesmas oportunidades. Ao saber da dor, vocês evoluiriam e se permitiriam se enxergar em seus semelhantes, que também sofrem.

Durante alguns períodos, tivemos êxito na proposta e vocês me acessavam diariamente. Existia um equilíbrio, e a dor e o sofrimento não eram predominantes. Formamos comunidades que dividiam as riquezas e os ganhos, e para a sua surpresa, sua espécie já viveu em completa harmonia.

Mas faz tanto tempo que, se tivesse a memória do *homo sapiens,* já teria esquecido há séculos. Até hoje não entendo por completo o que ocorreu. Em algum momento, vocês se distanciaram de mim de forma abrupta. Talvez, em uma noite estrelada, quando a natureza não se apresentava tão incrível como em outros dias, vocês decidiram que a vida não era suficiente. Até que vocês viram alguém morrer e entraram em pânico. A descoberta da morte teve algo de violento em seus corpos.

A partir daí, entramos em desequilíbrio. A dor deixou de ser uma ferramenta para gerar solidariedade e provocar novos avanços e geração de momentos felizes. A dor passou a ser produzida por aqueles que gostariam de manipular os anseios e sentimentos dos demais. Foram gerados os preconceitos e as desigualdades. A dor virou maldade. A dor passou a ser provocada, fazendo com que os momentos felizes pudessem ser controlados. Mas isso não deveria ter controle. Como resultado, temos pessoas doentes pela dor, que não conseguem estar inteiras para viverem os seus momentos felizes.

O que estava presenciando? Estava diante de uma suposta entidade, que se autodenomina “A Consciência” e que estava fantasiada de Dona Sônia. Os trejeitos e expressões foram idênticos. Ora! Que ao menos respeitasse os mortos! Ajeitei o corpo para dar uma chapoletada na cara daquele impostor. Como em um passe de mágica, a entidade saiu da minha frente e foi para a poltrona ao lado do sofá.

– Já disse a você, Anísio! Só estou aparecendo desta forma porque você quer assim. Queria muito ver a sua mãe, não queria? Eu também sinto o remorso que tem dentro do seu peito. Eu também faço parte da sua dor. Eu sou a sua dor, na verdade.

Se acalme! Também sinto a raiva que eclodiu em sua cabeça fazendo com que as suas veias saltassem e que cerrasse os punhos. Se livre desse sentimento quando surgir, pois este é irmão do ódio, e o ódio faz com que eu fique bloqueado dentro de sua mente. A dor vai embora, mas também vai todo o resto do que te torna humano.

Assim como na Idade Média, vocês voltaram a perceber que o ódio e a ignorância me repelem. Esse é o motivo pelo qual nunca antes na história da humanidade existiram tantos idiotas como agora.

Aquele ser sobrenatural ficou de pernas cruzadas e balançando de um lado para outro. Desaforado, ainda se dizia a salvação do mundo. Como? Foi a causa do suicídio de milhares de pessoas. O que ele teria a dizer sobre? Naquela noite mesmo, tive pensamentos escusos ao parar sob a janela aberta. Se eu tive desejos suicidas, imagine o resto daqueles cidadãos?

– Como disse anteriormente, eu também sou a dor. A dor precisa existir. Todo ser humano precisa passar por algo que gere sofrimento, para que possa formar a sua personalidade e ter empatia pelos outros.

Não, Anísio. De forma alguma. Os preconceitos e desigualdades não deveriam existir. Os traumas não deveriam existir. O racismo que você sofreu é um trauma. É uma ferida que nunca se cura, feita inesperadamente e que não sai da pele.

Quando as dores são provocadas por traumas, eu acabo me tornando um fantasma. Algo que só de falar já provoca arrepios. Algo que vocês se envergonham, mas que moldaram as suas personalidades. É por isso que os homens morrem e não são felizes, Anísio. Os traumas fazem com que não seja possível aceitarmos a vida em sua plenitude. E aceitar a vida, é aceitar a morte.

O seu fantasma é o Queimadinho. É por esse motivo que você não gosta de ser chamado por Anísio. O seu nome representa todo esse trauma e todas as lembranças que você quer enterrar.

Mas elas sempre estão aí, não é? Tudo isso faz parte de quem é você. Muito mais Anísio do que Roberto no final das contas. Mesmo sendo Dr. Roberto Antunes, você é todo Anísio.

Mas quando esse desequilíbrio chegou, esse sofrimento passou não só a ser gerenciado, mas também a ser estimulado como uma espécie de virtude. Isso faz com que vocês sofram, mas tentem esconder o sofrimento. Faz com que vocês achem que precisem sofrer, e de que há algum tipo de anestésico para todo esse mal. Nenhum sofrimento deveria ser estimulado e perseguido como caminho a ser trilhado. Não temos como eliminar a dor, mas ela não pode ser um objetivo. Existem sofrimentos que quando perseguidos se tornam difíceis demais de suportar; os suicídios coletivos são o resultado disso.

Não, você fez certo. Os comprimidos te salvaram. Eu não sou saudável quando sou apenas dor em sua mente. Eu não deveria ser fantasma o tempo inteiro, a dor iria te matar. Sou alegria, felicidade, dor, tristeza, raiva. Mas fantasma eu não deveria ser.

Por algum motivo, você sempre achou que se transformar em Roberto Antunes te faria feliz. E o pior, você achou que ser feliz fosse eliminar por completo as memórias do Anísio que há em você. Ser feliz, Anísio, é criar ferramentas necessárias para aproveitar os momentos felizes, e meios para enfrentar os momentos tristes. Enfrentar as cicatrizes que residem dentro do peito para voltar à vida e criar novos momentos felizes.

Era a minha mãe, sentada na poltrona, na minha frente, dando bronca e sermão. Mesmo que aquilo fosse a Consciência, só enxergava a minha coroa. Veio à minha mente as broncas que ela dava quando chegava tarde da noite depois de assistir um filme com a Sheila. Ou quando inventava dormir por lá, mesmo morando na casa em frente. Ela ficava em cima da gente de forma autoritária, mas para nos manter seguros. Assim como qualquer mãe de um jovem negro, ela sabia que eu não deveria ficar andando por aí tarde da noite.

Meu pai morreu muito cedo, como já mencionei. Dona Sônia teve que ser pai e mãe por muito tempo. Nos sustentar e nos criar da maneira que fosse possível. E ela fez isso muito bem. Um vento frio veio da janela e me deu um retorno à realidade, trazendo o fato de que minha mãe estava morta. Comecei a chorar copiosamente mais uma vez e não disse uma palavra sequer nos minutos posteriores. Evitei olhar para aquele ser que, insistentemente, continuava a bater os dedos na mesa e balançar os pés do jeito que minha mãe fazia. Na sequência, deu mais uma amostra que sabia tudo sobre mim, como se estivesse dentro da minha cabeça:

– Sua mãe está morta. É triste, mas é a verdade. Digo mais uma vez que só me apresentei desta maneira pois a sua mãe é a representação da sua consciência. Digo, a parte de mim que se refere a você é representada pela Dona Sônia. Está bem, está bem! Você está se perguntando o motivo pelo qual uma entidade milenar interplanetária está falando com um ser humano de quarenta anos em uma cidade que só passou a ser notada há menos de vinte.

Tentarei explicar de forma resumida, pois a história completa é muito longa. As maiores possibilidades para o futuro é de que eu deixe de existir. Vocês não irão suportar caso o estímulo ao sofrimento continue. É insustentável não só para as suas saúdes, mas também para o ambiente em que vivem.

Se vocês forem extintos, eu também serei. Eis o motivo de estar por aqui. Os dinossauros precisaram de um asteroide para deixar de existir. Vocês são o asteroide de vocês mesmos. Se destroem de forma compulsiva.

Não sei ao certo, Anísio. Mas tenho algumas ideias do motivo pelo qual você foi o escolhido. Sim! Você é o escolhido para salvar a raça humana. Quer dizer, pelo menos tentar. Se eu estiver certo, você está em todas as possibilidades em que continuamos a existir, sempre com um papel muito relevante.

Você fará algo que será de extrema relevância para a sobrevivência da sua raça. E para minha sobrevivência, é claro. Mas não terá efeitos imediatos. Será algo lembrado quando a sua espécie estiver prestes a deixar de existir. Servirá como base para uma nova civilidade.

Em um intervalo de cinco dias, passei de um investigador alcoólatra para o potencial salvador da humanidade. O que essa tal entidade cósmica tinha visto em mim? Não seria mais adequado que o fardo de salvador da pátria fosse direcionado para Caquinho ou Pedrinho? Ou talvez para o homem que viu o Fantasma antes de mim?

Eu não parecia ser o escolhido de coisa alguma. Quer dizer, sempre fui presunçoso o suficiente para me achar importante, mas não naquele momento. Estava no momento mais frágil de toda a minha existência:

– É bem verdade que gosto de Caquinho e Pedrinho, mas ambos terão as suas responsabilidades a serem realizadas. A chave continua sendo você. Nossas chances serão zeradas sem a sua participação e a raça humana será extinta. Com a sua ausência, os humanos continuarão a competir entre si até que não reste pedra sobre pedra. Até que todos tenham sido aniquilados e eu encontre a morte.

Confesso que duvidei da sua condição de escolhido. Obviamente, você não se parece com os seus irmãos hominídeos, mas não era o meu preferido. Muito presunçoso para o meu gosto. Detesto esse seu jeito de achar que sabe de tudo. E olha que interessante: se eu não gosto, é porque você não gosta. Lembre-se sempre disso: eu sou você.

Me convenceu esta noite. Mesmo com sua tragédia pessoal e do luto, você finalmente perseverou. Encarou o seu próprio fantasma, focou na sombra que existe em seus próprios pensamentos. Até hoje você nunca tinha feito isso. Sempre fugiu de si mesmo.

Devido ao seu grande faro de investigação, pensei que você já tivesse notado. O homem que viu o Fantasma sempre foi você. Toda a investigação e as pistas faziam com que você descobrisse mais elementos sobre si do qualquer outra coisa. Você estava investigando a si próprio. Em todos estes dias, descobriu mais sobre você do que em todo o resto da sua vida. Poderia ter feito isso na terapia, mas você, assim como outros, tem uma incrível resistência a se investigar. Confesso que facilitaria bastante o meu trabalho.

Eis o homem que viu o Fantasma e a chave para toda a sua investigação. Você!

Eu era o homem que viu o Fantasma. Um boato plantado no passado sobre algo que se passaria no futuro. Inteligente. Segui as pistas de um homem que sou. Investiguei por completo uma pessoa que achava que não conhecia. A partir de um boato estranho, estava encontrando a minha verdade. Descobrindo o Anísio pelo Doutor Roberto. Minha vida, nos últimos cinco dias, passou diante dos meus olhos através das pessoas que conheci na cidade. Sentia uma sensação grande de alívio. O fardo das mentiras que carregava era extenuante.

– Eu sei a razão dessa sua resistência com o Pedrinho. Você resiste ainda mais pelo vulgo deste senhor: Revoltado. Conheço bem a revolta que eclodiu em sua mente durante a adolescência e início da sua fase adulta. Você se envergonha dela até hoje.

Pedrinho Revoltado te faz lembrar dessa época. A revolta foi um desdobramento após você conhecer o racismo e viver sob essa perspectiva. Foi um movimento de criação de valores para você. Lembro dos seus pensamentos naquela oportunidade. Você sentia que algo deveria ser reparado. De que existia uma grande injustiça e alguém precisava repará-la.

O seu sofrimento em relação ao racismo foi individual, mas você encontrou em sua revolta um movimento coletivo. E você sempre quis fazer parte de algo coletivo. Lutar contra o racismo, algo que você entendeu que era uma aventura de todos. Mas você se excedeu, não é mesmo?

Com a sua revolta, você estava disposto a enfrentar tudo. O problema é que enfrentar não é resolver. E por isso toda revolta possui limites, certo Anísio? Quando ultrapassamos esses limites, a revolta se torna outra coisa. Uma defesa, uma mentira, uma grande incoerência. Pedrinho Revoltado, mesmo que não tenha passado dos limites, te lembra dos limites que você ultrapassou. Das suas grandes incoerências da adolescência até o início da fase adulta.

Era verdade. O Fantasma me conhecia como a palma de sua mão fantasmagórica. Existiam situações que Pedrinho Revoltado puxava do fundo do meu poço de memórias. Talvez por esse motivo me sentia intimidado diante de sua presença. O meu estômago sempre denunciava as sensações que a revolta me trazia. Ficava revirado, assim como o meu ego.

Não que Pedrinho tenha passado dos limites, mas eu tinha. O racismo, invariavelmente, trouxe a revolta para a minha vida. Depois que a angústia passou, me tornei um revoltado em busca de igualdade. Mas quais seriam os limites desta minha busca por igualdade? Qual era o limite para que se tornasse uma busca por vingança?

Me lembro de, no início da minha adolescência, me inserir totalmente na causa racial. Comecei a estudar freneticamente sobre o assunto. O racismo se tornou o meu único e exclusivo objeto de atenção. Essa era a origem dos meus problemas. Meu trauma principal, que revestia cada detalhe da minha personalidade.

Comecei a acompanhar somente pessoas negras. Assistir filmes protagonizados por pessoas negras. Comprava roupas confeccionadas por pessoas negras e com temas africanos. Passei até a fazer uma dieta vegetariana oriunda do continente africano. Disse para a minha mãe que era uma homenagem aos meus ancestrais.

Lembro da Dona Sônia ficar me olhando e pensar no que a minha bisavó, que era apaixonada por buchada de bode, tinha a ver com isso. No fim das contas, minha mãe me apoiou porque a carne estava cara, e o meu prato vegetariano, na verdade, passou a ser, por meses, arroz e feijão sem mistura. Para compensar a falta de mistura, ela me deixava pegar mais arroz do que o normal.

A minha revolta até ali era controlada. Ou melhor, era uma revolta justa. Construía novos valores para a minha vida, mediante as injustiças que sofri e que ainda estavam escancaradas nos noticiários do jornal e em todo canto.

Até que chegamos ao fatídico ano em que certo presidente foi eleito com propostas racistas, teorias da conspiração e ideário fundamentalista. A revolta que tinha dentro do meu peito foi turbinada com whey protein, e ficou mais forte do que nunca. A raiva e o ódio deram um tempero especial para aquele momento, e não conseguia me controlar. A combinação de revolta, ódio, frustração e raiva fizeram com que eu passasse completamente dos limites.

Lembro com exatidão do dia em que notei que tinha ultrapassado as quatro linhas da revolta. Sheila já tinha notado que eu não estava bem, mas tentava relevar a situação, já que ela também estava indignada pelo momento do país, e, de certa maneira, compartilhava de boa parte dos meus sentimentos.

Era dia de se encontrar com o nosso casal de amigos favorito, Júlio e Roberta. Nos conhecíamos desde a pré-escola, e a história deles se assemelhava muito com a minha e de Sheila. Um namoro despretensioso, mas óbvio. Júlio e Roberta se conheciam profundamente, e se davam muito bem. Eram grandes amigos. Eu diria até que a amizade entre eles era mais forte do que o amor, ou de qualquer outro sentimento que poderia eclodir em uma relação.

Eu os conhecia e os admirava. Eram duas pessoas que passaram grande parte da vida ao meu lado. Julin, como eu chamava o Júlio, era o meu camarada desde o dia em que descobri que era um queimadinho. Foi Julin o único moleque da rua que não me aloprou pela situação com o Seu Joaquim. Ao contrário, me lembro de Julin, no auge dos seus oito anos de idade, colocando suas mãos em meus ombros e dizendo *foda-se esse velho, Anísio. Pinguço desgraçado do caralho.*

Desde aquele dia, Julin não se afastou mais de mim. Inicialmente se juntando a mim e Felício. Na sequência, com Roberta e Sheila completando aquele grupo de crianças que brincavam de bola, pique-esconde, queimada e amarelinha o dia todo.

Enfim, tanto Júlio como Roberta, até aquele momento da minha vida, eram como se fossem família. Eram as pessoas em que mais confiava. Até hoje, não sei o que deu na minha cabeça para fazer o que fiz naquela noite em especial. Estávamos na casa de Sheila, dia de pizza e de jogos de cartas. Roteiro repetido de todas as sextas-feiras.

Apesar de ser o dia em que geralmente nossos espíritos se sentiam mais leves e animados pelo fim de semana, especificamente naquele dia estava muito irritado. Muito mais do que o normal. A apatia das pessoas ao meu redor acerca da eleição do novo presidente me deixava com raiva a todo momento. Era como se nada fosse mais importante do que a previsão de que o dólar voltaria a três reais, e a porra da tal da *eurotrip* voltasse a ser um sonho distante.

Distante, mas não impossível, para aqueles deslumbrados de classe média, que viram as suas chances de conhecer a Europa mais distantes do que o normal naqueles anos pré-pandêmicos.

A minha indignação era grande. Gigantesca, de modo que eu já não conseguia nem externá-la nas redes sociais e muito menos expressar tal sentimento em uma conversa com Sheila e os meus amigos. Ficava calado, esmorecido, e hesitante em proferir qualquer palavra sobre o assunto. Se o nome do dito cujo, do belzebu, do calhorda do nosso presidente fosse citado, eu guardava a vontade de mandar todo mundo tomar no cu, engolindo em seco minha saliva.

Mas aquele dia foi diferente. Sheila e eu já estávamos nos estranhando, pois tinha passado de um jovem de vinte anos para um velho de setenta e cinco em poucos meses. Fiquei ranzinza ao extremo, elevando todos os patamares de chatice que já tinha atingido. Não estava fácil de me aturar e Sheila estava no limite. Todos ao meu redor também estavam.

Júlio e Roberta chegaram até a casa de Sheila no fatídico dia. Algo que não disse até o momento, mas foi fator primordial para a eclosão da minha insensatez, é de que Roberta era branca. O que de modo algum foi um fato novo naquele dia ou nos anos anteriores. A Betinha, como a chamávamos, era a filha caçula de um casal boa praça da nossa vila. Na verdade, justiça seja feita, os pais de Betinha eram as pessoas mais gente boa que conhecia dentro daquele bairro de classe média baixa. Tinham uma quitanda, onde sempre pegávamos alguma fruta de graça e na faixa, ao fim do futebol de rua que fazíamos todo fim de tarde.

Betinha e os seus pais, pessoas brancas que também tinham suas reclamações sobre a vida, eram mais que amigos. Tinham me visto crescer. Antônio, pai de Betinha, por exemplo, foi a primeira pessoa a me apresentar um livro que tive realmente interesse de ler. Toninho era professor de língua portuguesa em uma escola do bairro.

Naquele dia, quando Betinha chegou com Julin na casa de Sheila, ambos sorridentes e alegres, fiquei com inveja. Uma inveja que me fez ficar determinado em tirar o sorriso do rosto de ambos antes da noite acabar. E foi o que fiz. Comecei a falar sobre as minhas indignações, que também eram partilhadas pelos demais integrantes daquela mesa. Entretanto, comecei a utilizar uma palavra de forma demasiada. Branquitude. Dizia de forma exclamada que os problemas do Brasil eram provenientes da branquitude. O que não deixava de ser verdade, mas claramente estava utilizando o termo fora daquele nosso contexto. Olhava para a Betinha, e bradava sempre que possível. BRAN-QUI-TU-DE.

O que aos poucos foi incomodando Júlio, pois ele logo percebeu a minha insistência em atingir Betinha de alguma forma. Mesmo assim, parecia que Júlio e Betinha não se deixavam atingir por tudo aquilo, como se todo o amor que eles tinham por mim fosse maior do que qualquer revolta injustificada que pudesse ter naquele momento.

Até que em uma última tentativa de perturbá-los, disse algo perverso, que até o homem mais inocente do mundo se incomodaria. Olhei para Júlio e Roberta, e disse em alto e bom som, que vai ver o problema do Brasil estava relacionado a homens negros que deixam de olhar para mulheres pretas e ficam com mulheres brancas para usá-las de troféu. Foi naquele momento que ultrapassei os limites de minha revolta. Foi ali que ficou visível que a minha suposta procura por justiça tinha se tornado na verdade uma busca por vingança sem qualquer fundamento compreensível de razão.

E mesmo que fizesse algum sentido. Mesmo que não fosse o caso de Júlio e Roberta estarem juntos desde a pré-adolescência. Mesmo se eu não soubesse que ambos só beijaram um ao outro na vida toda e que ambos são melhores amigos. Mesmo que em um universo paralelo, Júlio tivesse ficado rico e começado a namorar Roberta para mostrar que venceu na vida. Mesmo assim. Com que direito eu tenho de questionar outro preto sobre as suas escolhas? A luta contra o racismo é uma luta para que o racismo acabe. Não pode ser, de forma alguma, um movimento que ultrapasse os seus limites e coloque imposições sobre quem as sofre.

Foi ali, naquele exato momento, que a minha ficha caiu: o que partilho com outro preto? O que, culturalmente faltando, compartilho com outros pretos sobre aquilo que achamos essencial em nossos valores? Fiz um exercício: o que um preto evangélico e um preto ateu possuem em comum em relação aos seus costumes? Na forma como enxergam o mundo?

A resposta é que nada compartilhamos, mas corremos o risco de tudo. Corremos o risco de ser o próximo jovem preto a ser assassinado pela polícia nos próximos vinte e três minutos. Corremos o risco de ser os próximos a sermos enquadrados em alguma esquina para diminuir o tédio dos policiais enquanto a hora de cobrar a coxinha na padaria não chegava. Nós, mesmo que respondemos diferentemente a esse mal, compartilhamos integralmente as cicatrizes e feridas provocadas pelo racismo.

Júlio olhou para mim de uma forma inédita até então. Acho que foi inédito até para ele, já que o submeti a uma situação totalmente nova em sua vida. Ele parecia tentar engolir em seco aquele desaforo, mas era demais. Me respondeu, sem se estender muito, que nunca tinha passado pela sua cabeça que eu pudesse me tornar um idiota insensível capaz de dizer uma atrocidade daquelas. Roberta não olhou nos meus olhos, e vi as lágrimas descerem do seu rosto. Júlio se levantou da mesa, pegou o braço de Roberta para ir embora, e antes de sair pela porta, disse que só não quebrou a minha cara ali mesmo por respeito a nossa amizade, mas principalmente por respeito a Sheila. Bateram a porta com força e foram embora. Sheila não sabia onde enfiar a cara. Se levantou e foi para o seu quarto, me informando que naquela noite eu não dormiria por lá de jeito nenhum. Primeira vez que não tinha dormido com Sheila em uma sexta e tive que retornar para a casa da minha mãe. Aquilo marcou o início do fim.

– Já Caquinho gera sensações diferentes em você. Um mix de admiração e inveja. Ele é o cara que você entende que deveria ter sido, ou que ao menos, deveria ter tentado ser. Mas você não conseguiu, como já sabemos. O que sobrou é a inveja, e você, certamente, se sente mal por se sentir dessa forma.

As suas semelhanças físicas com Caquinho pioram ainda mais a situação, pois você se compara a ele. O sacrifício que Caquinho fez ao cuidar do seu pai e abandonar o movimento que idealizou é um sacrifício que você acha que deveria ter feito com a Dona Sônia. O equilíbrio tanto comportamental como ideológico de Caquinho te impressiona. Você nunca conseguiu ser dessa maneira. Você fica entre os extremos. Ou revoltado demais ou passivo demais. Com você, é oito ou oitenta. E esse desequilíbrio cobrou o seu preço durante os anos. Você não tem mais amigos. Você está quase perdendo a família que te restou. E agora, estamos aqui, Anísio. Sozinhos, e falando com nós mesmos. Pois não se esqueça, eu sou você.

Depois do ocorrido com Júlio e Roberta, Sheila quase me deixou. Mas nos dávamos bem, e eu sempre dava um jeito de me reconectar a ela. Na verdade, ela ainda não estava pronta para viver sem mim, e também sabia que eu não desistiria dela. Não naquele momento.

A pandemia chegou, e a revolta dentro de mim, que pensei que tinha sumido junto com a destruição da minha amizade com Júlio e Roberta, eclodiu novamente com toda a força e combustão. A verdade é que, passei o ano seguinte me fingindo de morto para os acontecimentos que poderiam me deixar revoltado novamente.

Considerando que estamos no Brasil, isso queria dizer que ignorava todas as coisas que aconteciam neste país, pois me parecia que tínhamos entrado em um looping infinito de acontecimentos ruins que ainda não foi interrompido por um acontecimento bom sequer. Me fingindo de morto, para preservar a minha relação com Sheila, que já estava quase indo para a vala.

Tudo de ruim voltou a florescer em meu corpo durante os anos pandêmicos, já que não poderia mais desconsiderar a existência de toda a podridão da humanidade. Dessa vez, minha revolta veio completamente diferente. Poderia continuar a falar da branquitude, mas as porcarias mundanas estavam tão generalizadas, que o meu estoque de panos tinha acabado para quem quer que fosse. Não dava mais para passar pano para ninguém.

Insuportável e rabugento. Nada me divertia. Música, futebol, filmes. Parecia que tudo tinha algo a ser criticado, de modo que a minha experiência de entretenimento fosse duramente afetada. Mesmo assim, diante dessa minha chatice interminável, Sheila ainda continuava ao meu lado. Até que consegui ultrapassar ainda mais os limites daqueles limites que já tinha ultrapassado. Era um final de semana, dia de protesto contra o presidente. Eu ia em todas as manifestações, mesmo Sheila não gostando e achando muito perigoso. E era mesmo, ela tinha razão. Naquele ano, teve gente que ficou cega com tiros de borracha de policiais militares totalmente alinhados aos ideários fascistas presentes daquele tempo lamentável. Mesmo com essa possibilidade iminente de ficar caolho, a minha revolta não me deixava ficar em casa. Ia para as ruas, de máscara e entupindo as mãos de álcool em gel de minuto em minuto.

Naquela manifestação em questão, existia um grupo se preparando para atear fogo em uma estátua de um senhor escravagista que tinha sido homenageado pela câmara de vereadores da cidade. Mesmo sem pertencer ao grupo, me envolvi e participei do ato. Peguei o restante da garrafa com gasolina e fui ateando no monumento. Um dos manifestantes jogou o fósforo na estátua antes que eu saísse de perto, e acabei tendo o braço direito queimado. Quando cheguei ferido em casa, Sheila não aceitou. Se eu tinha ultrapassado os meus limites há um bom tempo, Sheila tinha chegado ao seu naquele instante. Pegou as suas coisas, foi para a sua casa e deixou o nosso anel de noivado em cima da estante da sala.

– Veja Anísio. Seu destino sempre apontou para este momento. Quando decidiu cair na estrada para descobrir as pessoas, você atingiu o ápice de sua revolta, inclusive destruindo a relação com o amor da sua vida. Durante esses anos, você ainda tentou criar motivos para explicar o motivo pelo qual é um investigador. Quando sua mãe perguntava, você dizia que era pelo dinheiro. Eu sei a verdade, Anísio. Durante a pandemia, você enxergou o óbvio. Viu que o mundo estava à beira do precipício, mas não sabia como ajudar. Agora você sabe. Você deve impedir que a dor e o sofrimento continuem a ser utilizados como ferramentas para controle das pessoas. Isso tem aniquilado a prática da solidariedade, Anísio.

Neste momento, é bem verdade, você ainda não é o homem mais solidário do mundo. Mas você será, Anísio. Você será! Já sabe o que fazer. Acordará amanhã e parecerá foi um sonho. Mas é real. Sou você e estarei contigo, assim como estou com todos os outros. Basta me ouvir. Quando você morrer, morrerá como os seus.

Morrerei como os meus. Sempre soube. Por mais que tentasse escapar, eis que dava de cara com a minha questão não resolvida. O queimadinho. A criança que fui um dia, e que ainda não tinha resolvido as pendências que tinha.

A Consciência já tinha se retirado do quarto. Imaginei que pegaria no sono em breve, assim como a entidade disse que seria. Muito pelo contrário. Estava atônito com todas as informações que tinha recebido, e com a função que teria naquele incidente da cidade.

Ainda não estava sozinho no apartamento. Tinha uma criança que pude ver correndo da cozinha para o meu quarto. A julgar no que estava pensando, imaginei que aquela criança fosse eu há trinta anos. Eu finalmente encontraria o Fantasma que existia dentro de mim, aquele personagem que me causava dor e que eu tentava fugir. O queimadinho.

Chamei aquela criança para se aproximar. O chamei de "Robertinho". Que viagem da minha cabeça! Roberto não existia naquela época, apenas Anísio. Lembrei, inclusive, dos motivos que fizeram com que começássemos a utilizar o segundo nome, Roberto. Éramos, de forma ininterrupta, zoados pelo nome que temos. A molecada dizia, insistentemente, como é que um preto poderia ter um nome tão feio desse. Já bastava ser preto, mas os meus pais ainda quiseram tirar sarro e me colocaram o nome de Anísio, os moleques diziam. Pois é. Crianças de onze, doze anos, conseguem ter uma crueldade gigantesca.

Então, fiz o que devia ter feito anteriormente. Chamei pelo nosso nome. Anísio. A criança veio devagar, com um jeito medroso e corajoso que só nós tínhamos. Jeito especialmente desenvolvido para o meio em que fomos criados. Andávamos colados à parede, mas com o tronco bem estabelecido, como se estivéssemos cientes do que estávamos fazendo. Não estávamos.

A criança se aproximou. Nos encaramos por alguns segundos. Estranhamos um ao outro, para falar a verdade. Sabíamos que éramos a mesma pessoa, mas os traços tão diferentes causavam certa repulsa na aproximação imediata. Entendia aquele comportamento por parte da criança. Éramos cheios de cabelo na época, imaginava que estava sendo um choque ver o seu eu do futuro como o primeiro careca da família:

– O que aconteceu com o nosso cabelo? – disse a criança assustada, sem entender os motivos para que tenhamos perdido as nossas madeixas.

– Pois é. Estresse. Nos estressamos muito nos últimos anos.

Minha resposta curta teve uma rápida compreensão por parte da criança. Me lembrei que, já naquela idade, sabia que o estresse me acompanharia. Só não me imaginava careca, pois tinha em mente que isso era uma maldição das famílias calvas, passadas de geração em geração. Não tive a perspicácia para notar que a maldição da calvície sempre é iniciada por alguém. Digo, alguma pessoa passa aos seus descendentes a preocupação da falta de cabelo. Uma preocupação que, antes da sua existência, não existia. Amaldiçoamos a nossa família com a calvície. Ao menos, não temos filhos para passar a preocupação.

O pequeno Anísio seguia me olhando, curioso. Provavelmente interessado em saber no que conseguiria para si no futuro. Enquanto eu o olhava tentando entender o que queria quando era criança. O motivo de, afinal de contas, ter caído no mundo para descobrir tudo, menos o que importava.

Olhei para a orelha do pequeno Anísio, e não tínhamos mais brincos. Pois é, já tivemos brincos. Colocamos três na esquerda, e uma na direita. Naquela época, já não possuíamos mais. O que sobrou foi um queloide, que é uma cicatriz saliente que se forma após a cura de um ferimento.

Desenvolvemos queloides por todo o corpo durante a infância, mas a que mais incomodava era aquela da orelha esquerda. Era uma bola na orelha, de tão grande que era. Nós já éramos diferentes o suficiente por sermos pretos, estudarmos em uma escola de classe média alta e ter o nome de Anísio. Ainda por cima tínhamos uma bola esquisita de pele pendurada na orelha, reforçando ainda mais a estranheza de todos que nos olhavam diariamente.

Nos olhamos mais uma vez, a criança percebe que eu não tinha uma bola de cicatriz na orelha, e respirou aliviada. Tínhamos a autoestima baixa. Lidávamos com piadas racistas sobre o nosso nome e sobre a nossa aparência. Não nos achávamos bonitos. Ainda não achamos, mas isso foi perdendo o valor para nós conforme o tempo foi passando.

Hoje, os queloides funcionavam para nós como lembretes de memórias enterradas em nosso subconsciente. A queloide que tínhamos no joelho, por exemplo, você só vai recebê-la daqui a quatro anos. Será em uma partida de futebol, da qual você receberá uma entrada violenta no joelho direito e nunca mais conseguirá jogar tão bem futebol como jogávamos. A cicatriz vai te servir para lembrar não só da contusão, mas de que nós poderíamos termos nos tornado jogadores de futebol.

Todas as outras cicatrizes também nos lembrarão de alguma memória reprimida. E todas elas em conjunto nos lembrarão do quanto sofremos pela cicatriz maior. Aquela cicatriz do brinco na orelha que nem desejávamos tanto, e foi mais uma de nossas tentativas desesperadas de sermos mais parecidos com os outros meninos da escola.

– Nós vamos casar com alguém? – me perguntou o pequeno Anísio, reforçando aquela insegurança que tínhamos em relação à nossa aparência. Achávamos que éramos feios demais para se relacionar com qualquer pessoa. Imaginávamos que corríamos risco de simplesmente não termos uma namorada sequer em fase alguma de nossas vidas.

– Não vamos casar. Mas iremos nos apaixonar, ficar noivos e quase casar. Mas não casamos – respondi com um mix de alegria e amargura. Alegria, ao dar uma noticia que seria positiva àquela criança que um dia fui; e amargura, por relembrar que desperdicei os anos que teria com Sheila.

– O que foi? – disse o pequeno Anísio. Ele era eu, e obviamente notou que tinha alguma coisa estranha em minha expressão.

– Nós deveríamos estar casados.

– E por que não estamos?

– Tomamos algumas decisões erradas.

– Hum.

Ficou claro de que o meu eu de dez anos de idade, queria saber a identidade de nossa amada. A pessoa por quem nos apaixonamos. Bom, era uma conversa comigo mesmo. Pode parecer estranho, mas acho que nunca tinha sido sincero com ninguém sobre a minha história de vida. Comigo, muito menos. Esse era o momento ideal, sem sombra de dúvida:

– Sheila – disse com a voz baixa, pois sabia que não era alguém que aquela criança imaginaria naquele momento de nossas vidas.

– Quem?

– A Sheila, Anísio!

– Sheila que mora na frente da nossa casa?

– Sim, ela mesmo.

– Mas como isso aconteceu? Eu e Sheila somos bons amigos, brincamos bastante na rua. Nós nem nos achamos bonitos, para falar a verdade.

– É verdade. É sim – disse sorrindo e confirmando aquilo que o pequeno Anísio tinha acabado de mencionar, deixando-o sem entender como eu e Sheila nos aproximamos tanto a ponto de quase passarmos o resto da vida juntos.

– E então? – respondeu Anísio, ainda solicitando uma resposta completa e convincente. Pois é. Éramos chatos desde pequenos.

– Bom, em algum momento de nossas vidas, olharemos Sheila de uma forma diferente. Com exceção da nossa mãe, ninguém nos entende muito bem. Sheila será a pessoa que chegará mais próximo disso. Será a nossa melhor amiga e namorada por um bom período.

Sheila e Dona Sônia eram as pessoas que mais sabiam sobre mim. Seja como Anísio ou Dr. Roberto, elas me conheciam muito bem. Sempre procurei por pessoas que me pudessem me entender. Em algum momento, decidi que o problema não era as pessoas me entenderem, mas sim entendê-las. Não as compreendia. O meu trabalho, em tese, era a busca por esta compreensão. Para tal, inclusive, abandonei Sheila. Uma das únicas pessoas que conseguia me entender. Realmente, posso dizer com segurança que foi a pior escolha da minha vida.

– Mas você é burro, hein? Pelo amor de Deus – respondeu o pequeno Anísio acerca de tudo o que aconteceu com Sheila.

– Eu sou você, amigão.

– A gente até queria ser compreendido, sim, mas jamais ficarmos sozinhos. Ou abandonar alguém que amávamos. De jeito nenhum.

– Concordo com você. Errei. Quer dizer, erramos. Mas sabe qual o problema, Anísio? A gente nunca gostou de ser passado para trás.

– É verdade, mas e daí? – retrucou Anísio, já sabendo de antemão onde aquela conversa iria chegar.

– A gente sempre quer mostrar que venceu, não é? Mais do que qualquer coisa.

– É. Vencer é dar orgulho para a nossa mãe. E dar orgulho para ela é a nossa prioridade ainda. Certo?

– Sim. É, sim. – disse com os olhos lagrimejados, e relembrando destes meus anseios de criança.

Depois que descobri que o racismo existia, me pareceu que vencer era a melhor opção para sobreviver. Os vencedores geralmente não morrem. Mesmo os vencedores negros. E depois que ganhei a primeira vez, e vi o sorriso no rosto da minha mãe, juntei o útil ao agradável.

Me recordei dessa sensação que sempre carregávamos por boa parte da vida. Dar orgulho para nossa mãe. Eis o motivo dela ser a representação de nossa consciência. Nada importava para nós se não garantíssemos antes que a nossa mãe estivesse de acordo.

Eu sempre estive tentando provar algo. Fazendo coisas que causassem admiração. Depois de um tempo, estas coisas não eram mais para me proteger como um dia foi. Mas algum tempo depois, percebo que também deixaram de ser para agradar a minha mãe.

Hoje, toda essa "pompa" de investigador famoso se tornou apenas uma casca lisa e fina que alimenta o meu ego, e vai me conduzindo no piloto automático. Me faz brevemente esquecer de que o racismo me tirou a oportunidade de ao menos procurar por algo que eu realmente gostasse. Quando descobrimos que éramos um queimadinho, focamos apenas em continuarmos vivos. Não que as outras crianças também não lutassem por sua sobrevivência, se fosse preciso. Claro que lutariam. Mas como posso dizer? Uma das características das pessoas é de viver sem saber que estão vivendo. Ou melhor, viver como se nunca fossem morrer. Mas como viver sem considerar morrer, para alguém que foi apresentado ao racismo tão cedo e descobriu que terá que lidar com dissabores únicos devido à cor de sua pele?

Para nós, Anísio, tudo é relativo no comportamento humano. Ninguém era tão bom ou tão ruim para nós. O que deveria gerar uma empatia maior por todos, e isso até acontece. Mas depois da pandemia global, e com tudo que aconteceu, a nossa relativização das coisas mudou de figura. Não era mais sobre que qualquer um poderia ser bom, mas sim que qualquer um poderia ser um filho da puta. Empatia reversa, por assim dizer. A impressão que a gente tinha, Anísio, era de que todo mundo era antivacina ou eleitor do presidente da época. O que poderia ser verdade, de acordo com as pessoas com quem convivíamos. Mas perdemos a oportunidade de conhecer muita gente legal, Anísio. Com toda a certeza, perdemos essa oportunidade. Além de perder Sheila, claro.

Saímos para desbravar o mundo em busca de nos provarmos. Ou para confirmarmos que o mundo não tinha jeito, ou para que o mundo nos provasse ao contrário.

– E o que aconteceu no fim das contas? – perguntou o pequeno Anísio, que ouvia atentamente o relato do que tinha acontecido com a nossa vida.

– Nem uma coisa, nem outra. Ainda não sei ao certo, mas me parece que encontramos outra coisa no caminho – disse sem muita certeza do que estava falando, pois, afinal de contas, ainda não sabia definir a minha jornada até aquele momento.

– Mas demos orgulho para a nossa mãe, certo? – questionou mais uma vez o pequeno Anísio.

– Sim. Muito orgulho. Talvez o maior orgulho da vida dela.

– Então está ótimo – respondeu o pequeno Anísio com um grande sorriso no rosto.

Aquele sorriso me mostrava algo que demorei para assimilar. Até aquele momento da minha vida, fiz tudo o que desejava. O sorriso do pequeno Anísio me mostrou que realizei tudo o que planejei enquanto criança. Resisti ao racismo, construí uma sólida carreira de investigador, obtive reconhecimento e dei orgulho para a minha mãe. Não devia mais nada para aquela criança. Os seus desejos tinham sido atendidos.

Eu tinha resolvido as pendências com o meu Fantasma, e o pequeno Anísio sumiu do meu quarto. O intuito de sua aparição tinha chegado ao fim. Estava novamente sozinho, pensando que era a hora de começar a pensar nos desejos daquele Anísio que tinha acabado de perder a mãe, e estava no meio de mais um surto coletivo de suicídios.

O que de fato eu ainda gostaria de fazer da minha vida depois do término da investigação? Não tinha a menor ideia, mas essa parecia ser a melhor busca a ser realizada depois de todo esse caos. Queria voltar a ser amigo de Sheila. É. Pelo menos amigo de Sheila, eu ainda poderia ser. Após tanto tempo, pedir desculpas para Julin e Roberta. Quem sabe recuperar também esta amizade.

Não demorou muito para tudo naquela noite se desenrolar assim como a Consciência tinha me dito. Peguei no sono e acordei horas depois como se toda aquela experiência fantasmagórica tivesse sido um sonho vívido. Eram duas e quarenta da madrugada. Me levantei para fechar a janela, e as ruas ainda estavam ocupadas por transeuntes, com ainda mais cadáveres nas calçadas.

Não restava muito o que se fazer, a não ser aquilo que precisava ser feito. Com toda aquela bagagem de informações que tinha absorvido naquele dia, continuei a redigir o dossiê da investigação. Já tinha oitenta páginas de informações. Minha estadia naquela cidade não poderia passar de amanhã, e concluiria aquele documento naquela noite. Escrevia freneticamente, como se estivesse copiando algo que já estivesse escrito e revisado. Não parei em momento algum para elucidar os meus pensamentos ou corrigir algum erro ortográfico.

O relógio indicava quatro horas da manhã e continuava a escrever. Sem sussurros, continuei a escrever. Sem Fantasma, continuei a escrever. Sem o pequeno Anísio, continuei a escrever. Com o frigobar cheio de bebidas, continuei a escrever.

QUINTA – INVASÃO AO PALÁCIO – DIA 05

Continuei a escrever até o sol raiar. As luzes solares invadiram o quarto e me estimularam para que abrisse a janela novamente. Os corpos tinham sido retirados das calçadas e as pessoas andavam por todos os lados. A cidade continuava com aquela fama de nunca parar e sempre estar em movimento.

Passei a madrugada adentro escutando o fantasma que existia dentro de mim. Dessa vez, sem pânico, e sem precisar tomar os meus comprimidos desesperadamente. Estava claro que era necessário conviver com o Fantasma, entendê-lo. Não existiria felicidade sem dor. O que não poderia era só existir a dor, o principal problema da cidade.

O dossiê do Fantasma estava completo. A conclusão não foi aquilo que esperava quando iniciei a minha jornada, muito menos o que desejava assim que entrei nesta cidade. O documento ficou com mais de cento e noventa páginas. Terminei aquele trabalho como se tivesse a possibilidade de ser o último.

O documento responsabilizava o prefeito Paulo pela omissão de políticas públicas para frear a exploração compulsória dos trabalhadores e a geração interminável de sofrimento mental por todos os munícipes. Áquila foi inserido como o principal organizador ideológico da forma de governo, inserindo na mentalidade dos munícipes, gradativamente, comportamentos que eram benéficos apenas para o empresariado local, fazendo com que a saúde mental dos trabalhadores fosse drasticamente afetada, impactando diretamente nos suicídios.

Sendo assim, o dossiê não poderia ser entregue a Áquila e Paulo, pois nunca se tornaria público a sociedade. A missão dos Revoltados se tornou ainda mais importante para o que aquele dossiê tinha sido designado.

Caquinho e Pedrinho tinham combinado de se encontrar na rua Paschoal às onze e trinta da manhã. A rua em questão ficava nos fundos do palácio do prefeito Paulo e tinha uma distância considerável do hotel, por volta de sete quilômetros. Não sabia de que forma chegaria até lá, mas se fosse preciso seria na sola.

Às nove e meia da manhã, guardei o meu notebook com o dossiê, além de um pen drive adicional com as informações sobre a investigação dentro da minha maleta. Deixei o habitual terno e paletó, e coloquei uma roupa casual. Seria a forma ideal de despistar o dispositivo de localização do Áquila por algumas horas, seguindo a dica dada pelo Caco.

Sempre levava na mala de viagem uma roupa que não fosse social para alguma situação que exigisse tal vestimenta. Notei que a bermuda era aquela que minha mãe tinha me dado de aniversário, e a camiseta foi a que Felício me presenteou da última vez que nos vimos, sem motivos aparentes para tal. Sem a menor intenção e por um acaso do destino, estava "trajado com peças familiares".

Ainda precisava despistar Miguel e os capangas Rufus e Antônio. Áquila tinha uma fiscalização redobrada e, por esse motivo, mantinha os seus capangas com os olhos em cima de mim. Mesmo que o dispositivo já tivesse previamente essa função.

A roupa diferente já era uma boa ideia, mas se passasse na frente dos malfeitores, minha presença com certeza seria notada. Decidi sair pelo estacionamento do hotel, já que sua entrada se dava pela rua dos fundos, saindo totalmente do radar daqueles que poderiam me perturbar.

Tomei todo o cuidado necessário para passar despercebido. Descobri como tinha conhecimento sobre o que fazia dentro do quarto: existia uma pequena câmera dentro do frigobar. Bom, pelo menos não tinha como eles me observarem pelado ou durante a minha conversa com A Consciência/Fantasma de ontem à noite.

Sempre pegava uma água durante a manhã, mas dessa vez não faria isso. A intenção era fazer com que acreditassem que eu ainda estava no quarto do hotel. As camareiras começaram a passar pelos andares, deixando as câmeras de vigilância dos corredores minimamente congestionadas.

A ideia era correr para chegar até as escadas que estavam a dois passos do meu quarto. De fininho, cheguei até os lances de escada e torci para que as câmeras não tivessem capitado esse movimento.

Desci até o subsolo, sete andares de escadarias. Estacionamento completamente vazio, o que faria com que eu fosse descoberto com extrema facilidade caso Miguel estivesse por ali ocasionalmente. Por via das dúvidas, apertei o passo para evitar tal situação.

Ao sair do estacionamento às pressas, dei de cara com um ciclista, que me atropelou em cheio. Já era a segunda vez em dois dias que sofria um atentado físico – como se não fosse suficiente a surra que tinha levado no dia anterior. O ciclista, um moleque magrelo e alto de vinte e poucos anos, com mochila nas costas e camiseta da faculdade de Libéria. O *tropeço liberiano* ficou desesperado. Pediu pelo amor de Deus que eu o perdoasse. Pelo amor de Jesus Cristo. Eu levantei resmungando, mas respondi que o perdoava. Ele disse *glória a Deus*. Eu respondi *amém meu querido, fica com Deus*. Finalizou me perguntando se eu precisava de alguma coisa. Claro que precisava.

Me pareceu uma boa oportunidade de conseguir um veículo para chegar até o local de encontro. Disse que gostaria de comprar aquele meio locomotivo pelo preço que fosse. Surpreso, o *magrelão* ficou sem entender por um instante, mas logo se adaptou bem a situação e me extorquiu o máximo que conseguiu. Depois de muito papo, a bicicleta foi vendida por incríveis dois mil reais. Valia no máximo quinhentos, mas tudo bem, era uma ótima oportunidade para não ter que caminhar aqueles sete quilômetros. E dinheiro também não era um problema para mim naquele momento.

Dez e vinte da manhã, e ainda tinha uma hora e dez minutos para chegar até a rua Paschoal. A julgar pelo que foi dito por Caco, a atualização da ferramenta de localização já deve ter sido iniciada e tínhamos três horas para invadirmos o palácio do prefeito e retornarmos ao centro da cidade.

Comecei a pedalar vagarosamente. Sentia lentamente o vento refrescar o meu corpo naquele dia ensolarado, me fazendo retornar a dias que há muito não lembrava. Em todas estas lembranças, Felício se fazia presente.

Eu e meu irmão, nos dávamos bem durante boa parte da minha vida. Cuidar de Felício na minha infância e adolescência foi o mais próximo que cheguei de ser pai. Subjetivamente, talvez seja este o motivo para tamanha decepção com ele. Era a frustração de um pai.

Em uma família de mãe viúva, como irmão mais velho, fiz todo o papel representativo de pai quando Felício precisou. Cuidei dele, não apenas como irmão, mas como se fosse um filho. Foi pesado para mim. Ainda mais que, após descobrir a existência do racismo, tentei ao máximo protegê-lo desse estigma. Acreditava que o meu objetivo tinha sido cumprido. Felício era um homem irresponsável. O racismo desenvolve muitos comportamentos para quem a sofre, nos transforma em uma multiplicidade de coisas que as pessoas não imaginam. Mas a verdade é que, tenho parcelas de contribuição no comportamento irresponsável de Felício. Chego até a pensar, que talvez, a origem desta irresponsabilidade tenha sido a proteção que dei a ele durante tanto tempo.

E vejam que engraçado. Mesmo que indiretamente, o racismo impactou Felício de forma substancial. Se foi a minha proteção que o deixou irresponsável, e se sou superprotetor pois sofri racismo, então podia dizer que todos fomos afetados por esse mal. Todos éramos queimadinhos, mesmo que só eu tivesse esse apelido. Mesmo que fujamos disso, estaremos fadados a lidar com os seus efeitos. Para sempre, indefinidamente.

Pedalei por alguns metros e passei em frente da Zeitgeist onde o início do *plano dos revoltados* já estava sendo executado. A neblina de gás lacrimogêneo lançada pelos oficiais da lei foi se aproximando das minhas narinas. Confronto entre policiais e os Revoltados do Fantasma a todo vapor, com spray de pimenta dominando o ar e o cacete "cantando" nas costelas daqueles moribundos.

Dei uma freada brusca na bicicleta, e encostei em frente ao local onde Seu Eduardo colocava seus quadros. Sentei e vi que Seu Eduardo não só não estava ali, como estava jogando pedras nos policiais e na Zeitgeist. Não tinha só revoltados naquele campo de batalha. Vi alguns engravatados, com o crachá da Zeitgeist lutando ao lado da revolta. A injustiça era tanta que a revolta atingiu até mesmo aqueles que não se esperava. Pedrinho iria gostar de ver esse momento. Esbocei um sorriso, mesmo com a tosse provocada pelo brometo de benzila. Fazia tempo que não sorria.

– Ô queimadinho! – disse alguém em voz tão estridente que ficou audível em meio à barulheira do conflito.

Um senhor careca e branco, com um copo de cerveja na mão, veio em minha direção derrubando alguns goles de birita no asfalto. Me lembrava o Seu Joaquim, mas sendo sincero, qualquer um poderia parecer com aquele senhor. Não lembrava muito bem de sua fisionomia. Me chamando de queimadinho e sendo velho, branco e careca, já achava que estava lidando com o Seu Joaquim.

Aquelas lembranças sorrateiras em relação à minha infância, adicionado à visita fantasmagórica do pequeno Anísio na noite anterior, causaram-me ainda mais reflexões. Percebi que todo o resultado dos meus esforços naquela investigação não era sobre de onde eu vinha e nem sobre em que ponto gostaria de chegar. Não mesmo.

Tudo estava baseado naquilo que mudaria para quem veio de onde eu vim, quando eu chegasse onde queria. Lembrei de um trecho da música "Fazia Sentido" de Don L, que dizia: *isso não é sobre de onde cê vem, é sobre onde cê quer chegar. E o que vai mudar pra quem vem, de onde cê vem, quando tiver lá.*

Demorei para entender. Tudo em relação à minha vida estava envolvido nessa questão: o que vai mudar para o próximo "queimadinho" que surgir na rua da casa da Dona Sônia? Só conseguiria mudar alguma coisa exercendo a solidariedade, sempre que pudesse. Afinal de contas, a busca de um mundo melhor e a extinção de preconceitos é o exercício pleno e saudável da solidariedade.

E vejam só: aquele senhor não me chamava. Estava se direcionando a um outro senhor que estava atrás de mim, catando alguns papelões jogados no lixo de algumas casas residenciais que ainda permaneciam vizinhas da padaria "Sem Pressa". Não queria mais que existissem "queimadinhos" por este mundo. Desejava que as pessoas pudessem ser chamadas pelos seus nomes. Que me chamem de Anísio, finalmente. Naquele dia, decidi aceitar que me chamassem pelo nome que minha falecida mãe me deu.

Passei a assimilar o pensamento de Pedrinho. Assim como as formigas se sacrificavam pelos seus formigueiros, nós precisávamos nos sacrificar pelas próximas gerações. O nosso formigueiro era o futuro. O formigueiro dependia de nós. Sem nós, o formigueiro poderia desaparecer. Tudo se encaixava com o que o Fantasma tinha me dito na noite anterior.

Segui o meu rumo para o palácio do prefeito. Faltavam trinta minutos para o horário combinado, restando cinco quilômetros de pedaladas. Permanecia tranquilo, dando pedaladas leves e sem muita força. Pela primeira vez na vida estava como a padaria: sem pressa.

A falta do paletó e a roupa social deixaram o meu corpo exposto, evidenciando as minhas tatuagens que ninguém sabia que existia. Estava, pelo menos naquelas poucas horas, liberto do meu personagem. Em cima daquela bicicleta, comprada de um ciclista que me atropelou, deixei de ser Roberto Antunes. Era, depois de muitos anos, Anísio Roberto.

Me aproximava da rua Paschoal, e de longe avistava os meus cúmplices, que a princípio me aguardavam ansiosamente. Ambos com o sorriso no rosto, mesmo diante daquela situação tensa que exigiria ampla concentração. Aqueles dois abandonaram o conforto de suas carreiras e dedicaram suas vidas à prática da solidariedade. Acertaram as contas com os fantasmas que os assombravam. Me pareciam felizes.

Me recordei do que foi dito pela Consciência na noite passada. *Os homens morrem e não são felizes.* Ou talvez não sejam felizes porque morrem. Entretanto, diante de Caquinho e Pedrinho, mostrando aqueles sorrisos sinceros, tinha que reformular aquela citação: os homens morrem e não são felizes porque competem e não praticam solidariedade.

Pedrinho se surpreendeu com a minha presença e me deu um longo abraço. Caquinho se juntou a nós e nos abraçou. Ambos também modificaram os seus perfis para que despistassem a ferramenta de localização de Áquila e do prefeito Paulo. Pedrinho tirou a barba e tingiu o cabelo de loiro. Colocou um sapatênis, calça jeans do estilo apertadinho na canela, um cinto marrom e uma camisetinha baby look.

Caquinho, por sua vez, colocou uma camiseta social listrada azul e branco, uma calça jeans barra reta e um sapato social estilo cobrador de ônibus. Disse que nem na época de Zeitgeist utilizava esse tipo de traje e que nunca utilizaria um sapato social daqueles.

Apesar do momento crítico, começamos a rir um do outro. Por incrível que pareça, o ambiente estava leve e calmo entre nós. Pedrinho reforçou aquilo que tinha me dito no início da minha estadia na cidade, de que ainda faria parte da causa. Me chamou de Robertinho Revoltado e me deu uma arma. Disse que era para a nossa segurança, pois se fôssemos encontrados dentro do palácio, não sairíamos de lá com vida.

Fiquei inicialmente espantado com a informação da periculosidade da invasão. Também fiquei perplexo com a arma que tinha recebido. Nunca tinha tocado em uma antes. Ingenuidade minha, não? Iríamos invadir a residência da pessoa mais importante da cidade.

Olhamos para a frente do palácio e parecia completamente vazio, conforme o planejado. Na verdade, apesar de não podermos garantir que o palácio estivesse vazio, ao menos os drones e a segurança pessoal do prefeito tinham desaparecido. Tínhamos em mãos o dispositivo para retirar todas as travas de segurança daquele espaço, e toda a coragem necessária para fazer o que era preciso.

Pedrinho e Caquinho retiraram o sorriso do rosto e as armas que estavam em suas cinturas. Caquinho, após tirar o dispositivo criado pelo seu pai da mochila, desarmou todas as travas que existiam no palácio. Entramos pela porta dos fundos, e começamos a sentir a atmosfera do habitat de Paulo.

Algo que já sabíamos, mas que confirmamos nessa entrada: Paulo não tinha cachorros e nem gatos. Aliás, Paulo não tinha vínculo afetivo com ninguém, exceto Áquila. Tinha três filhos, mas que moravam com as suas respectivas mães, já que ele tinha se casado três vezes. A casa era exclusiva para o seu império de poder junto a Áquila, e nada mais cabia por ali.

Não sabíamos por onde procurar o dispositivo que acabaria com o isolamento virtual. Pedrinho e Caquinho foram procurar cômodo a cômodo, o que me mostrou o motivo de estar ali naquele momento e participar do ato. Era o único que já tinha entrado no palácio alguma vez na vida e me lembrava com exatidão do espaço. Palpitei sobre a localização do tal dispositivo, que só poderia estar no escritório do prefeito Paulo.

Adentramos a cozinha, repleta de louças sujas do café da manhã do prefeito. Passamos pela sala de jantar. Ainda lembrava em qual cômodo era o escritório, e subimos as escadas com aquele ranger de madeira denunciando os nossos passos. De fato, estávamos sozinhos no palácio. O plano era um sucesso até então. Todas as atenções estavam voltadas ao conflito com os revoltados na frente da Zeitgeist, e possivelmente teríamos um bom tempo para pegar o dispositivo, interromper o isolamento virtual e sairmos de lá como se nunca tivéssemos passado pelo casulo do idiota.

Chegamos ao escritório e o dispositivo não estava escancarado para nós, como esperávamos. Reviramos cada centímetro daquele espaço, e encontramos um cofre escondido dentro do armário de livros. Já era de se esperar que os livros, para o prefeito, não passassem de enfeites para esconder algo. Possivelmente o nosso dispositivo estaria lá. A trava daquele cofre sobreviveu à ferramenta de Caco que destrava qualquer coisa, e permaneceu bloqueado – o desbloqueio somente seria possível via uma combinação de números.

Não sabíamos a combinação, e o desespero bateu. Poderíamos tentar três combinações antes que o cofre bloqueasse. Tentamos primeiro o aniversário do prefeito, sem sucesso. Em seguida, tentamos o aniversário de Áquila, também sem efetividade. Tínhamos mais uma tentativa, e me recordei da conversa sobre futebol que tive com o prefeito na minha chegada a cidade. Se ele realmente era fanático pelo São Paulo, e odiasse tanto assim o Corinthians como ele dizia, então a combinação seria o dia do centésimo gol do Rogério Ceni sobre o arquirrival. Dia 27 de março de 2011, como combinação 27032011. Eis a nossa última chance em minhas mãos. Inseri a combinação e o cofre abriu.

Comemoramos. O dispositivo estava lá, junto de alguns outros papéis que Pedrinho logo mencionou que seriam importantes e já foi tirando fotos com o celular. Era muito parecido com o dispositivo que Caco tinha construído no depósito de sua casa. Caquinho e Pedrinho se olharam e voltaram a sorrir. Na sequência me olharam também, e eu não pude conter o sorriso. Estava com eles. Fazia parte do time dos Revoltados de forma integral.

Ainda tínhamos que procurar pelo segundo dispositivo e sabíamos que estava naquele local. Me recordei do olhar insistente de Paulo para uma faca prateada em cima de sua mesa. Fui conferir, e o suporte da faca escondia um fundo falso, onde encontramos o segundo dispositivo. Também tinha algumas barras de ouro e pen drives dos quais não tinha ideia se possuíam alguma valia.

Com os dois dispositivos em mãos, o plano estava sendo totalmente executado e já estávamos com os nossos novos trajes para despistar Áquila e Paulo. Caquinho pegou um dos dispositivos; ele tremia, visivelmente nervoso pela situação. Nos olhava, buscando aprovação para fazer o que fosse, e gesticulamos com sinais positivos para que ele fizesse o seu show. Só ele sabia mexer naquela geringonça. Caco deu suas instruções para Caquinho de como manusear aquele aparelho e a capacidade para executar o nosso plano ficou restrito à sua mente. Nada mais justo.

Caquinho realizou o desbloqueio do isolamento virtual conforme Caco havia instruído, mas aparentemente nada tinha ocorrido. Não conseguia acessar nada de fora da cidade. Ainda por cima, um cronômetro de quinze minutos começou a correr no dispositivo. O desespero começou a surgir em nossos peitos. As fotos de Paulo e Áquila pareciam rir de nós, enquanto tentávamos entender o que estava acontecendo.

Aquilo não era o combinado, mas Caquinho foi forçado a ligar para Caco e ter ideias do que poderia estar ocorrendo. Caco disse que possivelmente estaríamos encrencados. Para o cronômetro parar de correr, era necessário inserir uma senha da qual não tínhamos conhecimento. Provavelmente foi a última atualização de segurança do dispositivo, e quando o cronômetro zerar, um alarme seria disparado alertando para a invasão do palácio. E sobre o dispositivo não ter funcionado para desbloquear o isolamento virtual, na verdade, funcionou perfeitamente. Caco relatou que já estava com o acesso ao exterior da cidade.

Entretanto, o motivo para que não tivéssemos ainda no palácio era porque o desbloqueio funcionava de forma gradual, e não sabíamos em quanto tempo o mesmo chegaria até a rua Paschoal. Adicionalmente, ele também nos deu uma informação que nos deixou ainda mais apreensivos. A julgar pela ultima atualização de segurança do dispositivo, existia a possibilidade de a ferramenta de localização ter passado por melhorias e aumentado a sua "performance", reduzindo o período de três horas de atualização de perfis para um período menor. Ou seja, existia a possibilidade de já estarmos expostos, e de Paulo e Áquila já saberem de nossa invasão.

Precisávamos pensar rápido, e já não existia a necessidade dos três ficarem no palácio. Decidimos que Caquinho deveria ir embora. Ele relutou, e disse que eu deveria ir. Mas argumentamos que ele não poderia ir preso naquele dia ou morrer. Ele era mais importante do que nós na causa como um todo, principalmente por estar residindo na Zona Morta. Caquinho colocou o dispositivo novamente no cofre de Paulo e o fechamos do mesmo jeito que estava quando o encontramos. Em seguida, guardou em sua mochila o dispositivo que encontramos no fundo falso da faca prateada. Se preparou para ir embora e nos abraçou. Ao fim do meu abraço, entreguei o pen drive no qual mantinha a cópia do meu dossiê sobre o Fantasma. Eles ainda não sabiam o que eu sabia. Nem iriam saber. Argumentei para Caquinho que, no futuro, aquele documento teria grande relevância, e ele iria entender o motivo. Quando ele entendesse, deveria usar a seu favor e de todas as pessoas que poderiam se beneficiar. Aquela cópia do dossiê estava em boas mãos. Caquinho foi embora correndo e com lágrimas nos olhos.

O cronômetro apontava dez minutos restantes. Pedrinho questionava se não deveríamos ir embora e tentar se beneficiar do desbloqueio na padaria ou em qualquer outro lugar. Não poderíamos correr o risco. Aguardamos ali mesmo, e não sairíamos daquele palácio até que o dossiê estivesse no exterior daquela cidade. Disse que Pedrinho poderia ir embora se quisesse. Ele negou e permaneceu ao meu lado. Abri o notebook que tinha levado em minha maleta e sentei na mesa de Paulo. Aguardava o desbloqueio para enviar o dossiê. O cronômetro marcava cinco minutos restantes e nada de desbloqueio virtual.

Pedrinho andava de um lado para o outro, atônito com a adrenalina do momento que dava *pumps* em suas veias como se tivesse tomado três comprimidos do vasodilatador mais potente do mercado. Eu permanecia com os olhos na tela, aguardando a possibilidade de envio daqueles documentos. Inesperadamente, naquela situação crítica, uma tranquilidade surgiu em meus pensamentos. Fiquei leve, como se todo aquele peso que carreguei durante toda a vida tivesse se esvaído.

Enxergava novamente Dona Sônia na minha frente. Ela sorri para mim. Eu também começo a sorrir, e Pedrinho pergunta se o motivo da alegria é o aguardado desbloqueio virtual. Respondo que não e ele fica sem entender, achando que perdi a cabeça. Disse para ele se acalmar, e que tudo daria certo. Não tinha certeza nenhuma daquilo que estava falando, mas fui tomado por um sentimento de esperança naquele dia.

Pude finalmente conceber do que deveria se tratar a minha revolta: o heroísmo de uma luta inútil. Não precisava mais ter a certeza de que iria ganhar, mas sim a confirmação de que se há injustiça neste mundo, alguém precisa lutar para que isso acabe. Mesmo que nunca tenhamos êxito nessa guerra, é preciso sempre continuar lutando.

Fui interrompido do meu estado de êxtase ao percebermos que não estávamos mais sozinhos. Provavelmente, a hipótese de Caco se confirmava. Os malfeitores já tinham as nossas localizações. Pedrinho encarnou o James Bond, fez o sinal para que eu não fizesse barulho, e foi para a frente da porta do escritório com a arma no gatilho. O ranger das escadas denunciava que alguém estava subindo em nossa direção. Pedrinho saiu do escritório, "fatiando e passando" em seus movimentos como se estivesse em uma operação militar. Três disparos aconteceram do lado de fora.

No mesmo momento, o desbloqueio enfim ocorreu, e mensagens no meu celular explodiram. Meu irmão me ligou mais de trezentas vezes, enviou múltiplas mensagens. Todos gostariam de saber a razão pela qual não estava no enterro da minha mãe. Gostaria de ter estado. E ao fim dessa tormenta, todos saberão do motivo de minha ausência.

Enviei o meu dossiê para o meu irmão antes que o cronômetro se encerrasse e aquele local virasse um campo minado. Poderia até enviar o dossiê para a minha secretária Lourdes, mas eu só conseguia depositar a minha confiança em Felício depois de tudo o que ocorreu.

O plano estava executado, agora restava sair daquele poleiro em segurança. Fui saindo do escritório, pisando fofo, na ponta dos pés e com a arma que Pedrinho me deu em mãos. Pedrinho estava estirado no chão: tinha sido baleado na barriga. Do outro lado, no início do lance de escadas, Rufus e Antônio estavam mortos. Eles não podiam ter me seguido assim, então estavam lá devido ao restabelecimento da ferramenta de localização de Áquila. Tiveram o fim de suas vidas pelas mãos de Pedrinho. O revoltado segurava o sangue que escorria do seu abdômen, e continuava sorrindo. Um sorriso ensanguentado, no ápice de sua loucura.

– Vou te levar para o hospital.

– Não vai, não. Está tudo bem, doutor. Está tudo bem.

Pedrinho continuava a sorrir enquanto os seus últimos segundos de vida se aproximavam:

– Você se lembra do que te disse, doutor?

– O quê?

– Formigas, doutor. Formigas.

– Sim, Pedrinho, formigas – disse. Eu já me derramava em lágrimas.

– Isso é pelo formigueiro, doutor. Mesmo que o formigueiro acabe.

Pedrinho disse suas últimas palavras, e assim que seus olhos se fecharam, o alarme disparou. Pela janela, visualizei que inúmeros drones se aproximavam, assim como toda a equipe de segurança do prefeito Paulo. Retornei ao escritório, recolhi os meus pertences e estava pronto para fugir o mais rápido possível daquele lugar. Quando me virei, lá estava Paulo com a sua faca prateada nas mãos, me apunhalando na barriga com toda a sua força. Não tive tempo de esboçar qualquer reação, e larguei a arma assim que senti aquela dor estridente em meu corpo. Ele virou a faca dentro das minhas vísceras, olhando nos meus olhos. Um olhar de raiva e medo. Paulo tirou a faca de dentro de mim, e eu esbocei um sorriso sarcástico como de Pedrinho.

Enquanto segurava o meu estômago e sentia o sangue escorrer entre os meus dedos, vi Áquila chegar no escritório, desesperado para ver os seus equipamentos de isolamento virtual. Xingou Paulo de todos os nomes, enquanto o mesmo ainda estava impactando pelo crime que acabara de cometer. Áquila se virou para mim, me olhou de cima a baixo como se eu fosse o lixo do lixo. Gritou para Paulo resolver a situação e que ele nada tinha a ver com isso.

Minha visão ficou turva, as pernas começaram a amolecer e a queda ao chão era inevitável. Comecei a delirar e passei a ver minha mãe, Felício, Sheila e meu pai. Eles estavam sorrindo para mim. Era o meu primeiro delírio sem influência do álcool. Cambaleei, e eles me seguraram para que eu caísse ao lado de Pedrinho. Sangrava os meus últimos momentos de vida.

A insuportável dor que sentia, sumiu completamente, como se tivesse ingerido diversos comprimidos de oxicodona e ficado chapado de opioide. Fiquei caído, com os braços abertos e olhando para o alto, sorrindo para os meus entes queridos e suspirando minha última alucinação.

O dossiê foi encaminhado a Felício e já estava fora da cidade. Compreendi o que o Fantasma me disse em relação à minha morte. Morreria como os meus. Como minha mãe, que se sacrificou como mãe solteira, que abdicou de inúmeras coisas para que eu chegasse até aqui. Assim como meu pai, que trabalhou até a sua saúde se esvair entre os seus dedos calejados das teclas do seu notebook de desenvolvedor.

Os meus se sacrificaram em prol da minha existência. Também me sacrificaria ali, com o sangue jorrando no carpete do corredor do palácio do prefeito Paulo. O sacrifício sempre será o pai da solidariedade. Eu estava feliz.

Os homens morrem e não são felizes, como disse o Fantasma. Eu tinha finalmente aceitado a vida, com todas as suas dores e sofrimentos. Encontrei um propósito e estava feliz. Aceitei a morte. Uma morte feliz.

CARTA PARA FELÍCIO

Felicitos. Se lembra que te chamava assim? Você sempre gostou. Dizia que era um apelido que se parecia com a palavra felicidade. Você, inclusive, mesmo que a mãe nunca tenha dito isso, falava que o seu nome Felício tinha sido dado porque você seria um cara feliz.

A felicidade sempre esteve com você. Suas características te favoreciam nesse sentido. Nunca teve uma boa memória, o que fazia com que se esquecesse de momentos ruins com certa facilidade. Nunca foi de observar demais as coisas ao seu redor, o que faz com que certos aborrecimentos passem batido por você. Além da sua tradicional irresponsabilidade, o que te prejudica de alguma forma, mas também tira dos seus ombros todo o peso que as responsabilidades nos dão ao longo dos anos.

Acho que sempre tive inveja dessa sua leveza. Dessa sua falta de preocupação.

Desde que me entendo por gente, sempre estive preocupado com alguma coisa. Descobri cedo demais o que significava ser negro, e isto me mantinha em alerta. Ser irmão mais velho também não me ajudou, pois as minhas preocupações eram duplicadas. Em tudo que eu achava que poderia me atingir, eu já sabia que poderia te atingir. Quando eu me protegia do racismo, eu tentava te proteger também. Você não precisava desta proteção. Você não a pediu.

Te culpei ao longo dos anos por coisas das quais você não é responsável. O racismo arrancou muito de mim. Minha autoestima, minha noiva, meu futuro. Essa ferida me fez exigir demais de você. Me fez te cobrar coisas das quais você não precisava ser. Eu achava que era necessário ser excelente em tudo para escapar do racismo. Mas a verdade, Felício, é que não há escapatória. Mas podemos lutar contra esse mal todos os dias.

Nunca gostei de ser o irmão mais velho. Foi uma grande responsabilidade para mim. Fui seu pai em muitos momentos. Não gostei da experiência. Inclusive, me desestimulou a ser pai, definitivamente. Então, coloquei também nas suas costas a culpa pela minha separação com a Sheila.

Mas a culpa era minha. Sempre foi. Eu que me coloquei nessa função de ser quase um pai para você durante boa parte da vida. Você nunca me pediu isso. Nem a mãe. Felício, carreguei sem necessidade grandes pesos durante a vida. Não podendo me culpar, acabei culpando a você.

Se você receber esta carta, pode ser tarde demais para que eu te peça desculpas pessoalmente por todos os problemas que tivemos durante estes anos. Pode ser que você tenha que lidar com mais um luto nos próximos dias. Faça com que este dossiê seja de conhecimento da maior quantidade de pessoas possível. Este é o meu último desejo.

Terminarei esta carta com as últimas palavras de alguém que conheci na cidade durante estes dias, e também precisou redigir algo para confortar alguém.

Felicitos, te desejo um luto breve e uma felicidade eterna.

ALGUM DIA DE 2049

Já faz oito anos do dia que ficou conhecido como "Chacina da Revolta". O confronto entre policiais e manifestantes na frente da Zeitgeist terminou com dez mortos e trinta e cinco feridos. O dia também ficou marcado pela morte do investigador Dr. Roberto Antunes, assassinado pelo prefeito em exercício da época, Paulo.

O prefeito chegou a ser preso, mas foi inocentado após julgamento sob a alegação de legítima defesa, pois o investigador estava com uma arma sob sua posse. Hoje, Paulo está preso por outro motivo. Foi pego em esquemas de corrupção envolvendo as empresas da cidade, com Áquila sendo o protagonista da organização criminosa em questão. Áquila delatou todo o esquema, e por causa disso cumpriu apenas dois anos de sua sentença de trinta.

Áquila está em liberdade, mas sofreu graves danos para a sua imagem, e uma perda exorbitante de dinheiro. Assim que o esquema de corrupção foi descoberto, as ações da Zeitgeist caíram vertiginosamente. Os acionistas da Zeitgeist, precisando dar uma resposta para o mercado, tiraram Áquila da presidência da empresa. Áquila continua rico, é verdade, mas não tem mais o poder que tinha em mãos e nem a influência que exercia na cidade.

O atual prefeito é ninguém menos do que Henrique Caco, que assumiu novamente o comando do movimento dos Revoltados do Fantasma, sendo eleito com o nome político Caquinho Revoltado. Homenagem póstuma a Pedrinho, que ainda recebeu uma rua em seu nome, além da instituição de um feriado municipal.

A cidade de Libéria ainda está polarizada, com muita gente ainda vivendo sob os preceitos da época de poder de Paulo e Áquila. Mas a maioria já convive bem com os seus respectivos Fantasmas. Os surtos de suicídios não acontecem desde a posse do prefeito Caquinho em 2045. Os sindicatos foram refundados, os direitos trabalhistas foram reimplementados e diversas leis para incentivo a diminuição da desigualdade social foram criadas.

Caquinho reduziu a jornada de trabalho para 30 horas semanais, o que possibilitou qualidade de vida aos municípes e a redução imediata dos casos de suicídio, apesar do descontentamento das grandes corporações. Instituiu o programa de renda mínima para os munícipes liberianos, compatível com o custo de vida básico da cidade, permitindo que a espoliação promovida pelas empresas diminuísse gradativamente. Além de outras iniciativas para reestabelecer as figuras de solidariedade e combater a desigualdade social abissal que atingia a cidade mais rica de São Paulo.

Também foi criada a Lei Anísio Roberto, que estabeleceu adicional de insalubridade mental para os setores de tecnologia, telefonia, enfermagem, entre outros. Além de incluir adicional de insalubridade mental ao salário de qualquer funcionário que tenha distúrbios mentais provocados pelo excesso de trabalho em qualquer setor trabalhista.

Adicionalmente, foi criado uma subsecretária de Saúde Mental subordinada à secretária da Saúde, além da interação com a secretária do Trabalho para estabelecimento de diretrizes e acompanhamento da situação organizacional das empresas da cidade de Libéria.

A Zona Morta está cada vez mais viva. A busca pelo capital para sobreviver foi extinto após a garantia da renda mínima, o que fez com que muitos, não só da Zona Morta, experimentassem novos horizontes. Teve advogado se tornando pintor, desenvolvedor de software iniciando a escrita daquele livro que ele largou de mão ainda no ensino médio, pedreiro iniciando a tão sonhada faculdade de medicina. A vida passou a ter outro sentido para a maioria dos cidadãos.

Caquinho leva o dossiê do Fantasma para todo o lado, debaixo do seu braço em muitas vezes. Utilizou o dossiê para denunciar Paulo e Áquila e alertar sobre os esquemas de corrupção e espionagem industrial da qual os mesmos estavam envolvidos. Após o dossiê, a sociedade passou a se questionar sobre alternativas acerca do modelo econômico e social que, até então, era alçado como a única alternativa vigente.

Já Felício, foi o braço direito de Caquinho para a expansão do movimento de cuidados com a saúde de mental para fora do território de Libéria. Informou a todos os veículos de comunicação sobre o que tinha ocorrido ao seu irmão Roberto Antunes, apresentando o dossiê como a verdade sobre os motivos para que os suicídios ocorressem.

Felício e o dossiê foram boicotados em vários lugares do Brasil e do mundo, já que o material confrontava o modelo de gestão adotada pelas grandes corporações e suas respectivas influências no declínio da saúde mental da população mundial e propagação dos discursos de ódio e preconceito.

Neste ano de 2049, a competição se tornou algo a ser combatido e foi elencada pela sociedade como fator preponderante para o surgimento de boa parte das doenças mentais contemporâneas. A solidariedade passou a ser o objetivo principal na conduta das pessoas, das organizações e dos governos. Depois de muitos anos, o objetivo final de Anísio Roberto Antunes foi alcançado: as pessoas estão começando a olhar para os seus Fantasmas.

FIM

editoraletramento
editoraletramento.com.br
editoraletramento
company/grupoeditorialletramento
grupoletramento
contato@editoraletramento.com.br

editoracasadodireito.com
casadodireitoed
casadodireito